Meister der Liebe

Römische Liebesdichtung

bearbeitet von
Karin Haß und Michael Lobe

C. C. BUCHNER VERLAG

Lektüreklassiker fürs Abitur

Herausgegeben von Michael Lobe

Heft 14: **Meister der Liebe. Römische Liebesdichtung**

wurde bearbeitet von Karin Haß und Michael Lobe

1. Auflage, 1. Druck 2021
Alle Drucke dieser Auflage sind, weil unverändert, nebeneinander benutzbar.

Dieses Werk folgt der reformierten Rechtschreibung und Zeichensetzung. Ausnahmen bilden Texte, bei denen künstlerische, philologische oder lizenzrechtliche Gründe einer Änderung entgegenstehen.

Redaktion: Laura Kampmann
Layout und Satz: ideen.manufaktur, Bochum
Druck und Bindung: mgo360 GmbH & Co. KG, Bamberg

www.ccbuchner.de

ISBN 978-3-661-**53074**-1

Inhaltsverzeichnis

Catull, Tibull und Ovid: Dieser Lektüreband widmet sich drei Liebesdichtern, die mit ihrer subjektiv gefärbten Dichtung im 1. Jh. v. Chr. nicht nur literarisches Neuland betraten, sondern auch an traditionellen römischen Moralvorstellungen rüttelten, indem sie ins Zentrum ihres (Dichter-)Lebens nicht den Staat, sondern die Liebe stellten.

Über das Leben des **Gaius Valerius Catullus** weiß man kaum mehr als das, was sich aus seinen Gedichten erschließen lässt: Er wurde gegen 84 v. Chr. in Verona geboren; seine Familie war wohlhabend und verkehrte in höheren Kreisen. Als junger Mann zog Catull nach Rom, erlebte dort Ciceros Aufstieg zur Macht (Konsulat 63 v. Chr.) und seine Verbannung (58 v. Chr.), außerdem das Triumvirat zwischen Cäsar, Pompeius und Crassus (60 v. Chr.); der Niedergang der Republik kündigte sich bereits an. Catull stand in kritisch-distanziertem Verhältnis zur Politik; er schloss sich einem Kreis moderner Dichter an und widmete sich bis zu seinem Tod (um 54 v. Chr.) der Dichtung. Sein Werk (116 Gedichte unterschiedlichen Umfangs) weist eine große Vielfalt verschiedener Gattungen und Formen auf (kleinere Gedichte in verschiedenen Versmaßen, Epigramme und längere Texte in elegischen Distichen, ein Kleinepos in Hexametern). Vielfältig zeigt Catull sich auch in seiner Sprache: Der Leser begegnet derben Ausdrücken, leidenschaftlichen, aber auch zart-lyrischen Tönen. In zahlreichen Gedichten spricht Catull (bzw. das Dichter-Ich) Personen aus seinem Umfeld an; insbesondere Politiker seiner Zeit überzieht er mit frei geäußertem, oft beißendem Spott (z.B. in seinen Schmähgedichten auf Cicero und Cäsar). Eine besondere Rolle in seiner Dichtung spielt die Beziehung zu Lesbia mit all ihren Höhen und Tiefen – möglicherweise poetischer Reflex einer echten Liebe im Leben des Catull: Die ältere Literaturwissenschaft vermutet hinter der *persona* Lesbia die Gattin des Q. Caecilius Metellus Celer, Clodia Pulcher. (zu Catull s. auch den **i**-Text auf S. 9)

Auch **Albius Tibullus**, der vermutlich 55 v. Chr. als Sohn einer vermögenden Ritterfamilie geboren wurde, lebte in einer politisch unruhigen Zeit. Der Machtkampf zwischen Pompeius und Julius Cäsar nach Crassus' Tod (53 v. Chr.) mündete in einen blutigen Bürgerkrieg, der auch nach den Ermordungen des Pompeius (48 v. Chr.) und Cäsars (44 v. Chr.) kein Ende fand, sondern zwischen Marcus Antonius und Octavian neu entflammte. Die Seeschlacht von Actium (31 v. Chr.) entschied die Herrschaft zugunsten Octavians, der als Augustus („der Erhabene", Ehrentitel, 27 v. Chr. vom Senat verliehen) endlich innenpolitischen Frieden brachte, aber auch die Republik in den Prinzipat umwandelte. Tibull begleitete den augusteischen General M. Valerius Messalla Corvinus auf Feldzügen. Der literarisch interessierte Messalla unterhielt wie Mäcenas einen Dichterkreis, zu dem auch Tibull gehörte. Tibull verfasste zwei Bücher Elegien (das erste Buch wurde 27 v. Chr. veröffentlicht), die den Leser in eine elegische Welt der Sehnsucht nach Liebe, ländlicher Idylle und Frieden entführen, aber implizit auch Zeitkritik üben. Tibull starb ca. 19 v. Chr. (zu Tibull s. auch die **i**-Texte auf S. 19)

Für **Publius Ovidius Naso**, geboren 43 v. Chr., war der Frieden unter Augustus bereits Normalität, er erlebte die Bürgerkriege und damit den Untergang der alten Republik nicht als Erwachsener. Wie seine Vorgänger erstrebte auch er kein politisches Amt und lehnte die Senatorenlaufbahn ab: Statt sich für Staat und Gesellschaft einzusetzen, wandte er sich der Dichtung und dem privaten Thema der Liebe zu. Ovid gehörte wie Tibull zum Dichterkreis des M. Valerius Messalla Corvinus und war mit Properz, einem weiteren wichtigen Elegiker, befreundet. Im Unterschied zu Catull und Tibull hinterließ Ovid ein umfangreiches Werk: neben drei Büchern Liebeselegien (*Amores*), die in den zwei Jahrzehnten bis zur Zeitenwende entstanden, weitere Werke, in deren Mittelpunkt die Liebe steht, z.B. die „Liebeskunst" (*Ars amatoria*). Sein Hauptwerk sind die

Metamorphosen, rund 250 Verwandlungssagen, die zu einem *carmen perpetuum* verbunden sind. Im Jahr 8 n. Chr. wurde Ovid von Augustus nach Tomi am Schwarzen Meer verbannt, wo er 17 n. Chr. starb. (zu Ovid s. auch den i-Text auf S. 31)

Einführung: Römische Liebesdichtung – römische Liebeselegie

Die römische Liebeselegie entwickelte sich als eigenständiger Gattungstyp aus verschiedenen literarischen Wurzeln, zum einen aus der griechischen Elegiendichtung, zum anderen aus hellenistischen Epigrammbüchern sowie den *Aitia* des alexandrinischen Dichters Kallimachos (3. Jh. v. Chr.). Diese Werke sind in Distichen verfasst (dem Versmaß der römischen Liebeselegie) und präsentieren z.T. ein poetisches Ich, das Subjektives zum Ausdruck bringt. Damit weisen sie sowohl formal als auch inhaltlich bereits Charakteristika der römischen Liebeselegie auf.
Als Schöpfer der römischen Liebeselegie gilt nicht Catull (obwohl auch seine Dichtung bereits von zahlreichen Motiven dieses Gattungstyps geprägt ist und auch er u.a. in elegischen Distichen schreibt), sondern C. Cornelius Gallus (ca. 69–26 v. Chr.), von dessen Werk allerdings nur Fragmente überliefert wurden. Die wichtigsten Vertreter sind Properz (ca. 50–16 v. Chr.), Tibull und Ovid.

Während Catull sich thematisch noch nicht festlegt, seinen Schwerpunkt jedoch auf das Motiv der Liebe setzt, ist dieses Motiv für die römische Liebeselegie wesentlich und konstitutiv: Ohne Liebe existiert die Liebeselegie nicht, Liebesbeziehung und Dichtungstheorie verschmelzen miteinander. Zumeist tritt in den Texten ein elegisches Ich (der *poeta / amator*) handelnd und reagierend auf, manchmal auch als Erzähler. Im Zentrum stehen die – oftmals leidvollen – Erfahrungen mit einer Geliebten / *puella*. Demgemäß begegnen in der elegischen Dichtung zahlreiche Ausdrücke des Klagens und Leidens und die verschiedensten Spielarten von Liebe und Erotik: (oftmals erfolgloses) Werben um die *puella*, Sehnsucht, Eifersucht, Erfüllung, Untreue, Enttäuschung und Resignation. Gattungstypisch ist auch die Feuermetaphorik („brennende Liebe").
Die Geliebte wird als röm. Libertine (Freigelassene) vorgestellt (bei Gallus Lycoris, bei Properz Cynthia, bei Tibull Delia und Nemesis, bei Ovid Corinna). Während Literaturwissenschaftler lange Zeit einen rein biografischen Deutungsansatz vertraten, also das elegische Ich mit dem historischen Dichter gleichsetzten und dementsprechend auch nach real existierenden Geliebten suchten, spielt dies in der modernen Forschung kaum mehr eine Rolle. Man geht davon aus, dass sowohl das elegische Ich als auch die Geliebten Fiktion, also in ihrer konkreten Ausgestaltung Kunstprodukte sind, da sie stereotype Handlungsmuster zeigen und sprechende Namen tragen: So bedeutet Nemesis „gerechter Zorn, Rache" (in der Mythologie ist Nemesis die Göttin der Vergeltung); Cynthia (die „vom Berg Kynthos auf Delos stammende") verweist auf den Dichtergott Apoll, dem dieser Berg geweiht war; Delia („die aus Delos stammende") ebenso auf Apoll; der Name Corinna geht auf die griechische Lyrikerin Korinna zurück. Auch Catull wählt bereits diese Methode der Fiktionalisierung: Er nennt seine Geliebte Lesbia („die von der Insel Lesbos stammende") und spielt damit auf die Dichterin Sappho, die auf Lesbos geboren wurde, an (→ i-Texte auf S. 17).

Die römischen Elegiker – und auch bereits Catull – sehen sich in der Tradition der kallimacheischen Poetik: Die epische Langdichtung mit ihren erhabenen Themen von Helden und Göttern gilt als überholt; jetzt dichtet man schmale Texte, die dafür sprachlich und formal vollendet und bis ins Detail durchdacht sind; im Mittelpunkt stehen private Themen wie die Liebe (→ **i**, S. 9; **i 2**, S. 29). In einigen Gedichten äußern sich Catull und die Elegiker poetologisch zur Eigenart ihrer Dichtung; bisweilen findet sich der Topos der Recusatio, der höflichen Weigerung des Dichters, „große" epische Dichtung zu verfassen (→ **i**, S. 35).

Es lassen sich drei zentrale Elemente des elegischen Wertesystems benennen:

- **Liebe als alternative Lebensform / *militia amoris*** („Kriegsdienst der Liebe"): Das elegische Ich widmet sein ganzes Dasein der Liebe und der Dichtung darüber. So wird eine vom *otium* geprägte Existenz als Alternative dem mit *negotium* ausgefüllten Leben eines jungen röm. Adeligen (z.B. dem Durchlaufen der politischen / militärischen Karriere) gegenübergestellt. Dabei werden Aspekte eines militärisch geprägten Lebens metaphorisch auf das „Liebesleben" übertragen: Der *poeta / amator* zeigt die Bereitschaft, sich wie ein Soldat in Kämpfen mit Rivalen zu beweisen. (zum *otium* und der *vita activa* s. auch die **i**-Texte auf S. 13 und 37)
- ***servitium amoris*** („Liebe als Sklavendienst"): Das elegische Ich unterwirft sich seiner Geliebten (auch *domina* genannt) und begibt sich in ein freiwilliges Abhängigkeitsverhältnis, das im Gegensatz zur römischen Geschlechterordnung steht. Der *poeta / amator* präsentiert sich mithin nicht als ein *vir vere Romanus*, er wirkt teilweise feminin, weichlich, während die *puella* durchaus hartherzig und abweisend auftreten kann (*dura puella*). Dies wird besonders in einer für die Liebeselegie typischen Situation deutlich: Wenn der Liebende als *exclusus amator* seine Klage vor der verschlossenen oder bewachten Tür der Geliebten vorbringt. Eine solche poetische Klage wird als *Paraklausithyron* („Klagen an der Tür") bezeichnet.

Moderne Illustration eines *exclusus amator* vor der verschlossenen Tür der Geliebten.

- ***foedus aeternum*** („ewiger Bund"): Analog zur Institution der Ehe, die prinzipiell für die Römer, insbesondere jedoch in der augusteischen Gesetzgebung einen hohen Stellenwert einnimmt, möchte sich das elegische Ich dauerhaft an die Geliebte binden. Im antiken Rom war es durchaus üblich und auch gesellschaftlich gebilligt, dass ein römischer Mann von höherem Stand ein (kurzzeitiges) Liebesverhältnis mit einer Freigelassenen hatte, doch eine eheähnliche, auf Lebensdauer erträumte Beziehung stand im Gegensatz zum konservativen Moralverständnis und der Ehe- und Sittengesetzgebung der augusteischen Zeit.

Die elegischen Werte stehen z.T. in provokantem Gegensatz zum römischen bzw. augusteischen Wertekanon. Diese Konstruktion einer elegischen Gegenwelt wird auf unterschiedliche Weise gedeutet:

a) als implizite Zeit- und Systemkritik: Kritikwürdige Entwicklungen in der Zeit des Übergangs von der Republik zum Prinzipat (politisch: Kriege, Entmachtung der Nobilität, willkürliche Vergabe von Ämtern; privat: deutlicher Sittenverfall während der Bürgerkriege) bilden hierfür die Grundlage.

b) als Flucht ins Private: Der Umstand, dass im Prinzipat echte politische Mitarbeit und Mitsprache kaum mehr möglich ist, fördert die Bedeutung des Privaten.

c) als ironisch-poetisches Spiel: Die Darstellung eines „verweichlichten" *poeta / amator* könnte intendiert haben, das zeitgenössische Publikum mit erotischer Thematik auf provozierende wie geistreiche Weise zu unterhalten; das trifft vor allem auf den frivoleren Ovid als Jüngstem der Elegiker zu, für den die Segnungen der Pax Augusta anders als für Properz und Tibull schon selbstverständlich geworden waren.

Besonderheiten der poetischen Sprache

- *-ēre* statt *-ērunt* in der 3. Pers. Pl. Ind. Perf. Akt.: z.B. *soles fulsere* (T 10, V. 3 und 8)
- Ausfall von *-v-* beim v-Perfekt: z.B. *mollierunt* statt *molliverunt* (T 19, V. 18)
- Endung *-īs* für *-ēs* beim Akk. Pl.: z.B. *tristis curas* statt *tristes curas* (T 1, V. 10)
- verkürzte Formen, z.B. *mi* statt *mihi* (T 3, V. 7), *dein* statt *deinde* (T 3, V. 8), *nil* statt *nihil* (T 22, V. 8)
- häufiger Gebrauch des Plurals statt des Singulars (poetischer Plural): z.B. *soles* statt *sol* (T 3, V. 4; T 10, V. 3 und 8)

Zur Benutzung dieser Ausgabe

Um Ihnen den Zugang zur Lektüre zu erleichtern, sind den lateinischen Texten deutsche Hinführungen, vertiefende Sachinformationen i, Quellentexte (M) sowie Bildmaterial beigegeben. Die den Texten vorangestellten Aufgaben sollen zur Vorentlastung beitragen: Unter W wird das Vokabular vorbereitet, oft auch in Form von Wort- und Sachfeldanalysen, unter G werden grammatikalische „Stolpersteine" des jeweiligen Textes – im Text farbig hervorgehoben – wiederholt, unter T werden Aufgaben zur Textvorerschließung angeboten.

Im Ad-lineam-Kommentar werden Vokabeln angegeben und Konstruktionshilfen geboten. Ein autorenspezifischer Lernwortschatz (LW) findet sich im Anhang.

Die Erschließungsfragen sowie die Sachinformationen sind den Kompetenzbereichen Text ◊, Sprache ◊ und Kultur ◊ zugeordnet. Zentrale antike Eigennamen sind im Eigennamenverzeichnis (EV) unter ihrer lateinischen Form zu finden.

1 _ Catull

1.1 Sehnsucht – Wünsche eines Verliebten

In *carmen* 2 (Text 1) und *carmen* 109 (Text 2) werden auf verschiedene Weise Sehnsüchte eines Liebenden zum Ausdruck gebracht:

W Erschließen Sie die Bedeutungen der folgenden Wörter aus den bekannten Wörtern: *desiderium* (→ *desiderare*) - *solaciolum* (→ *solacium*) - *ardor* (→ *ardere*) - *levare* (→ *levis*) - *perducere* (→ *per* + *ducere*)

T Analysieren Sie den ersten Satz von Gedicht 1 (V. 1-8), indem Sie ihn mit einer Ihnen geläufigen Methode (z.B. der Einrückmethode) darstellen.

G **Einrückmethode**
Die Einrückmethode dient der Visualisierung eines Satzgefüges: Der Hauptsatz wird dabei linksbündig notiert, Nebensätze eingerückt (Nebensätze 1. Grades um eine Stelle, Nebensätze 2. Grades um zwei Stellen etc.). Satzwertige Konstruktionen (Pc, Abl. abs., AcI) sind Teil des Haupt- oder Nebensatzes und werden nicht eingerückt.

1 Passer, deliciae meae puellae,
quicum ludere, quem in sinu tenere,
cui primum digitum dare appetenti
et acris solet incitare morsus,
cum desiderio meo nitenti
carum nescioquid libet iocari
et solaciolum sui doloris -
credo, ut tum gravis acquiescat ardor:
Tecum ludere sicut ipsa possem
et tristis animi levare curas!

Hendekasyllabus

passer, eris m: der Spatz, der Sperling
quīcum = cum quō - **sinus, ūs** m *hier:* der Schoß
cui ... appetentī: dem auf sein Verlangen hin
incitāre (m. dopp. Akk.): jdn./etw. reizen zu etw. (*erg.* quem)
cum *hier:* wenn - **dēsīderium** → W
nitēns, nitentis: schön, strahlend
cārum nesciōquid iocārī: irgendeinen lieben Scherz treiben
sōlāciolum → W
acquiēscere: zur Ruhe kommen
levāre → W

2 Iucundum, mea vita, mihi proponis amorem
hunc nostrum inter nos perpetuumque fore.
Di magni, facite, ut vere promittere possit,
atque id sincere dicat et ex animo,
ut liceat nobis totā perducere vitā
aeternum hoc sanctae foedus amicitiae.

Elegisches Distichon

dī = deī
sincērus, a, um: aufrichtig, ehrlich, echt
perdūcere → W

◇◇ **1.** Untersuchen Sie den Aufbau des Gedichtes 1 und zeigen Sie, welche inhaltlichen Aspekte durch die Symmetrie im Gedicht betont werden.

◇ **2.** Stellen Sie dar, welche Funktion der *passer* für das Mädchen hat (mit lat. Textbelegen).

◇ **3.** Das *passer*-Gedicht formuliert Wünsche und Sehnsüchte des lyrischen Ichs. Arbeiten Sie diese Wünsche heraus und überlegen Sie, welche Sehnsüchte das Ich möglicherweise „zwischen den Zeilen" formuliert. Beziehen Sie in Ihre Überlegungen auch Deutungsmöglichkeiten des Gemäldes von G.-C. Brun ein.

4. Die *passer*-Gedichte: Sehnsucht und Eifersucht auf der einen Seite (→ Text 1), Totenklage und Vorwürfe auf der anderen (→ M): Erläutern und deuten Sie die widersprüchliche Haltung des lyrischen Ichs.
5. Gedicht 2 weist in V. 1/2 und 5/6 einige Hyperbata auf: Zitieren Sie die entsprechenden Textstellen und geben Sie an, welche Wirkung dieses Stilmittel hier hat.
6. Informieren Sie sich über den Begriff *foedus* (→ Einführung, S. 6) und begründen Sie, inwiefern Catulls Text eine gesellschaftliche Provokation darstellt.

i Catull und die Neoteriker

Gaius Valerius Catullus wurde um 84 v. Chr. geboren und starb um 54 v. Chr. - mit nur 30 Jahren. Er gehörte zum Kreis der sog. Neoteriker („die Neueren", moderne, junge Dichter, auch als *poetae novi* bezeichnet), die in der Literatur neue Wege suchten und sich an der hellenistischen (alexandrinischen) Dichtung und ihrem Ideal der kleinen, feinen, formal anspruchsvollen Poesie orientierten. Mit Catull begann außerdem die Persönlichkeitsdichtung in Rom: Im Mittelpunkt seiner Dichtung steht das persönlich-subjektive Empfinden und Erleben eines lyrischen Ichs (vgl. dazu auch Vorwort und Einführung auf S. 4–7 und die i-Texte auf S. 17).

M In einem weiteren Gedicht (c. 3) klagt der Sprecher, dass Lesbias Spatz gestorben sei. Er erinnert an das enge Verhältnis zwischen Lesbia und dem kleinen Vogel und verflucht die Unterwelt für den Raub des kleinen Tieres. Die drei letzten Verse (V. 16–18) lauten:

O factum male! O miselle passer!
Tua nunc opera meae puellae
flendo turgiduli rubent ocelli.

O üble Tat! O unglücklicher Spatz!
Durch deine Schuld sind nun die geschwollenen Äuglein
meines Mädchens vom Weinen rot.
(Übersetzung: Karin Haß)

Guillaume-Charles Brun (1825–1908): Lesbia und ihr Sperling

1.2 Erfüllung – Tausend Küsse

In *carmen* 5 gestaltet Catull vor dem Hintergrund der Vergänglichkeit des Lebens die Aufforderung zum Lebens- und Liebesgenuss - ohne Rücksicht auf gesellschaftliche Moralvorstellungen.

W Stellen Sie die im Gedicht vorkommenden Kardinal- und Ordinalzahlen sowie die Zahladverbien zusammen und übersetzen Sie diese.

T Erschließen Sie, wozu das lyrische Ich seine Lesbia in V. 7ff. auffordert.

G **Hortativ und Imperativ**
Übersetzen Sie:
Vivamus! - Amemus! - Aestimemus! - Da!

3 Vivamus, mea Lesbia, atque amemus,
rumoresque senum severiorum
omnes unius aestimemus assis!
Soles occidere et redire possunt:
Nobis, cum semel occidit brevis lux,
nox est perpetua una dormienda.
Da mi basia mille, deinde centum,
dein mille altera, dein secunda centum,
deinde usque altera mille, deinde centum.
Dein, cum milia multa fecerimus,
conturbabimus illa, ne sciamus,
aut ne quis malus invidere possit,
cum tantum sciat esse basiorum.

Hendekasyllabus

rūmorēs m Pl.: das Gerede
as, assis m: ein As (→ ein Cent)
ūnīus assis aestimāre: geringschätzen
mī = mihi
dein = deinde
conturbāre = turbāre

1. Das Gedicht ist in vier Abschnitte gegliedert. Begründen Sie diese Gliederung
   a) inhaltlich, indem Sie jeden Abschnitt in einem Satz zusammenfassen,
   b) formal, indem Sie die Tempora und Personalendungen der Verben untersuchen.
2. Catull gestaltet die Anrede an Lesbia sprachlich eindrucksvoll: Zeigen Sie dies, indem Sie das Gedicht stilistisch analysieren und die Funktion der Stilmittel ermitteln.
3. Arbeiten Sie heraus, wie das lyrische Ich die Aufforderung, jetzt das Leben zu genießen, begründet (mit lat. Textbelegen). Ziehen Sie **i 3** hinzu und interpretieren Sie vor diesem Hintergrund auch das Gemälde von Gustav Klimt.
4. Das lyrische Ich addiert zunächst auf irritierend unübersichtliche Weise Zahlen und sorgt anschließend dafür, dass die Summe nicht bestimmt werden kann. Versuchen Sie zu erklären, welche Aussageabsichten damit verbunden sind (→ **i 1** und **i 2**).
5. Vergleichen Sie den Text mit der musikalischen Umsetzung durch Carl Orff (*Catulli Carmina*, Actus I: II).
6. Verfassen Sie aus der Sicht der *senes* (V. 2) einen Brief an das lyrische Ich (s. hierzu auch Vorwort und Einführung auf S. 4–7).

1 Geld und Liebe

Der römische Wertbegriff *fides* (Treue, Vertrauen) war nicht nur für private, sondern auch für geschäftliche Beziehungen bedeutend und wurde zum Fachbegriff für einen Kredit im Bereich des antiken Bankenwesens: Die Vorläufer der heutigen „Banker" betrieben auf dem Forum Romanum ihre Geschäfte. Eines ihrer Hauptgeschäftsfelder war auch in der Antike das Verleihen von Geld. Der vom Gläubiger (*creditor*) an den Schuldner (*debitor*) ausgezahlte Kredit (*fides*) bezeichnet also eigentlich das Treueversprechen, das ausgeliehene Geld mit Zins und Zinseszins bis zu 10 % zurückzuzahlen. Hielt sich ein Schuldner nicht daran, indem er z.B. seine Rechnungsbücher fälschte und einen Bankrott vortäuschte, sprach man von *conturbare*.

2 Magisches *carmen* und Liebe

Der Begriff *carmen* bezeichnet allgemein feierliche, rhythmisch gesprochene Worte; je nach Anwendungsbereich bedeutet er „Dichtung", „Lied" oder „Gesang", „Formel" – oder auch „(Zauber-) Spruch". In der Antike war der Glaube an die Wirkung magischer *carmina* weit verbreitet: Aus verschiedenen Schriften ist überliefert, dass man *carmina* die Kraft zusprach, Liebesbande zu knüpfen oder zu lösen, Tote zu beschwören, den Mond herabzuziehen und den Tag hervorzurufen, Flüsse anzuhalten, Schlangen abzuwehren oder zum Bersten zu bringen oder Menschen und andere Wesen einzuschläfern.

Man nahm an, dass der Schadenszauber der schwarzen Magie seine Macht über eine Person vor allem dann entfalten konnte, wenn der Magier genaue Angaben zu seinem Opfer gewonnen hatte. Gezielte Desinformation könnte in diesem Fall der Abwehr dienen.

3 *Carpe diem*

Sowohl in der stoischen als auch in der epikureischen Philosophie hat die Gegenwart zentrale Bedeutung: Die Philosophen beider Denkrichtungen sind der Auffassung, dass die Glückseligkeit nicht erreicht, wer ängstlich an das Morgen denkt oder nur für die Zukunft plant. Denn diese Ängste oder Planungen verhindern, dass man die Gegenwart gestaltet oder – epikureisch gedacht – genießt. Wir haben auf die Zukunft keinen Einfluss, unser Leben kann jeden Augenblick enden. Daher fordert der römische Dichter Horaz: *Carpe diem!*

Gustav Klimt (1862-1918):
Tod und Leben. Leopold Museum, Wien

1.3 Verliebtsein oder Eifersucht – Lesbia und ihre Männer

Mit *carmen* 51 (Text 4) überträgt Catull drei Strophen eines Gedichtes der griechischen Dichterin Sappho (→ **i 2**) ins Lateinische und führt es in der vierten Strophe selbstständig fort.

W Übersetzen Sie, auch mithilfe eines Wörterbuchs, folgende Bezeichnungen für Körperteile: *lingua* - *artus, us* m - *auris, is* f - *lumen, inis* n

T Stellen Sie die Subjekte und Prädikate von Gedicht 4 zusammen und erschließen Sie zentrale inhaltliche Aspekte.

G **NcI I**
Übersetzen Sie:
Ille, qui te spectat, par deo esse videtur. Ille divos superare videtur.

4 Ille mi par esse deo videtur,
ille, si fas est, superare divos,
qui sedens adversus identidem te
spectat et audit
dulce ridentem, misero quod omnis
eripit sensus mihi: Nam simul te,
Lesbia, aspexi, nihil est super mi
* * * * * * * *
lingua sed torpet, tenuis sub artus
flamma demanat, sonitu suopte
tintinant aures, gemina teguntur
lumina nocte.
Otium, Catulle, tibi molestum est,
otio exsultas nimiumque gestis:
Otium et reges prius et beatas
perdidit urbes.

Sapphische Strophe

mī = mihi
fās est: es ist erlaubt/möglich
dīvōs = deōs
identidem: immer wieder, wiederholt
omnis = omnēs
torpēre: erstarrt sein, gelähmt sein
sub artūs *hier:* die Glieder entlang
artus → W - **dēmānāre:** herabfließen, hinunterfließen - **sonitus, ūs** m: der Klang, der Ton - **suopte** = suō - **tintināre:** klingen
gestīre: übermütig sein, ausgelassen sein

5 Lesbia mi praesente viro mala plurima dicit:
Haec illi fatuo maxima laetitia est.
Mule, nihil sentis? Si nostri oblita taceret,
sana esset: Nunc, quod gannit et obloquitur,
non solum meminit, sed, quae multo acrior est res,
irata est. Hoc est: Uritur et loquitur.

Elegisches Distichon

fatuus: der Narr, der Dummkopf
mūlus: das Maultier (hier als Schimpfwort)
gannīre: kläffen, schimpfen
obloquī *hier:* schimpfen

1. Arbeiten Sie heraus, in welcher Situation sich das lyrische Ich in Text 4 befindet und wie es seinen eigenen psychischen und physischen Zustand charakterisiert (mit lat. Textbelegen). Vergleichen Sie die Situation mit dem Fresko.

2. Vers 8 des Textes 4 ist nicht überliefert. Ergänzen Sie einen passenden Vers (deutsch und evtl. lateinisch).
3. Erläutern Sie, in welchem inhaltlichen Zusammenhang die letzte Strophe des Textes 4 mit den drei vorangegangenen Strophen steht (→ i 1).
4. Gliedern Sie Text 5 und fassen Sie die Abschnitte in jeweils einem treffenden Satz zusammen.
5. Stellen Sie kurz dar, wie der *vir* und der Sprecher in Text 5 Lesbias Verhalten jeweils deuten. Arbeiten Sie anschließend heraus, wie der Sprecher seine Deutung begründet. Belegen Sie Ihre Aussagen mit Zitaten aus dem lateinischen Text.

i 1 *otium*

Lateinisch-deutsche Wörterbücher geben für den Begriff *otium* verschiedene Bedeutungen an: Ruhe, Muße, Nichtstun, Freizeit, Studium, literarische Beschäftigung. Dieses Bedeutungsspektrum zeigt, dass die Römer *otium* in engem Zusammenhang mit der *vita contemplativa* (→ i 1, S. 37) sahen. Es ist die freie Zeit, die sich der Römer nach dem aktiven Tagesgeschäft nehmen kann, um sich geistigen Dingen zu widmen. Negative Bewertung erfährt das *otium*, wenn es an die Stelle des tätigen Lebens rückt oder insgesamt zu viel Zeit in Anspruch nimmt - interessanterweise sogar für das lyrische Ich des vorliegenden Gedichtes, das ja grundsätzlich eine Haltung gegen die klassische *vita activa*, das politisch aktive Leben, einnimmt.

i 2 Sappho

Sappho war eine griechische Lyrikerin, die im 7. Jh. v. Chr. auf Lesbos geboren wurde. Sie verfasste lyrische (d.h. ursprünglich zur Lyra gesungene) Gedichte in verschiedenen Metren (u.a. in der sog. Sapphischen Odenstrophe), von denen nur wenig erhalten ist. In ihren Texten standen höchstwahrscheinlich private Themen (Liebe, Familie, Freundinnen) im Vordergrund. Mit ihren persönlichen, subjektiven Texten stand sie der Kunstauffassung Catulls und der augusteischen Dichter (insb. Horaz) nahe.

Speisendes Paar und Sklave, antikes Fresko aus Herculaneum

1.4 Zerrissen – Enttäuschung und Leidenschaft, Liebe und Hass

Die folgenden Epigramme sind allesamt Zeugnisse einer enttäuschten Liebe ...

W Erschließen Sie die Bedeutungen der folgenden Wörter aus den Fremdwörtern: *rapidus* (→ rapide) – *prae* (→ Praeferenz, praehistorisch) – *excruciare* (→ Kruzifix)

T Ein Merkmal von Epigrammen ist ihr antithetischer Aufbau. Überprüfen Sie alle vier Gedichte: Wo finden Sie Hinweise auf gedankliche Antithesen?

G **AcI**
Übersetzen Sie:
Mulier mea se nulli nubere velle dicit. Dicebas te solum Catullum novisse. (Id) fieri sentio.

6 Nulli se dicit mulier mea nubere malle
quam mihi, non si se Iuppiter ipse petat.
Dicit: Sed mulier cupido quod dicit amanti,
in vento et rapida scribere oportet aqua.

7 Nulla potest mulier tantum se dicere amatam
vere, quantum a me Lesbia amata mea est.
Nulla fides ullo fuit umquam foedere tanta,
quanta in amore tuo ex parte reperta mea est.

foedus, eris: LW2

8 Dicebas quondam solum te nosse Catullum,
Lesbia, nec prae me velle tenere Iovem.
Dilexi tum te non tantum ut vulgus amicam,
sed pater ut gnatos diligit et generos.
Nunc te cognovi: Quare etsi impensius uror,
multo mi tamen es vilior et levior.
Qui potis est, inquis? Quod amantem iniuria talis
cogit amare magis, sed bene velle minus.

nōsse = nōvisse

K. sed ut pater ... – **gnātus** = nātus
gener, generī m: der Schwiegersohn – **impēnsus, a, um:** heftig
ūrere: LW5 – **mī** = mihi
vīlis, e: billig, wertlos
Quī potis est: Wie ist das möglich

9 Odi et amo. Quare id faciam, fortasse requiris.
Nescio, sed fieri sentio et excrucior.

◊◊ **1.** Die Epigramme 6 und 7 sind in jeweils zwei Teile à zwei Verse gegliedert. Zeigen Sie auf, inwiefern Catull durch die Verwendung von Parallelen und Antithesen diese Zweiteilung kunstvoll betont.

◊ **2.** Untersuchen Sie, wie Lesbia in den Texten 6, 7 und 8 charakterisiert wird (mit lat. Textbelegen).

◊ **3.** Arbeiten Sie heraus, welche verschiedenen Arten von Liebe in Text 8 angesprochen werden (mit lat. Textbelegen).

4. Text 9 besteht aus nur 14 Wörtern, acht davon sind Verben. Analysieren Sie dieses kurze Epigramm mithilfe der schematischen Darstellung unten und zeigen Sie auf, wie die Zerrissenheit des sprechenden Ichs sprachlich dargestellt wird.
5. Vergleichen Sie die verschiedenen Übersetzungen von c. 85 (Text 9) (→ M). Achten Sie dabei auf Metrum, Wortstellung, Wortwahl, Stilmittel und die Aussage des Textes.
6. Gestalten Sie den gesamten Text des Epigramms c. 85 (Text 9) oder Teile daraus grafisch, indem Sie passende Schriftarten, Symbole und andere gestalterische Elemente verwenden.

i Die Gattung Epigramm

Epigramme (griech. *epigramma* „Inschrift") waren ursprünglich kurze Inschriften auf Grabsteinen oder Votivtafeln. Daraus entwickelte sich das Epigramm als Literaturgattung, die in Rom in Catull und Martial ihre Meister fand. Als charakteristische Merkmale des Epigramms gelten die Kürze und die überraschende Wendung, die sog. Schlusspointe. Kennzeichnend für das Epigramm ist auch das verwendete Metrum, das elegische Distichon (→ S. 44). Oftmals sind diese kurzen, daher gedanklich und formal auf das Wesentliche konzentrierten Texte zudem antithetisch aufgebaut.

M Übersetzungsvergleich

Eduard Mörike (1840):

Hassen und lieben zugleich muss ich. – Wie das? – Wenn ich's wüsste!
Aber ich fühl's, und das Herz möchte zerreißen in mir.

Raoul Schrott (1997):

Ich hasse und ich liebe · warum fragst du vielleicht
ich weiß es nicht ich fühl's · es kreuzigt mich

ODI ET AMO. QUARE ID FACIAM, FORTASSE REQUIRIS.

NESCIO, SED FIERI SENTIO ET EXCRUCIOR.

1.5 Trennung – Schmerz und Bewältigung

In *carmen* 8 präsentiert Catull dem Leser ein Ich, das die Trennung von der Geliebten verarbeitet und sich dabei selbst in seinem Schmerz analysiert. Ein Text, der Gedanken der modernen Psychologie vorwegnimmt und teils tragische, teils ironische Züge aufweist.

W Leiten Sie die Bedeutungen der folgenden Vokabeln her: *impotens* (→ *in + potens*) - *obdurare* (→ *durus, a, um*) - *scelestus, a, um* (→ *scelus*) - *basiare* (→ *basium*) - *mordere* (→ *morsus*)

T Betrachten Sie die Abbildung und übersetzen Sie Anfang, Mitte und Ende des Gedichtes (V. 1, V. 9 und V. 19). Schließen Sie auf den Inhalt des Textes.

G **Interrogativpronomina**
Man unterscheidet zwischen substantivischen und adjektivischen Interrogativpronomina.
Übersetzen Sie:
Quem nunc amabis? Quae tibi manet vita?

10 Miser Catulle, desinas ineptire,
et quod vides perisse, perditum ducas.
Fulsere quondam candidi tibi soles,
cum ventitabas, quo puella ducebat
amata nobis, quantum amabitur nulla.
Ibi illa multa cum iocosa fiebant,
quae tu volebas nec puella nolebat,
fulsere vere candidi tibi soles.
Nunc iam illa non vult: Tu quoque impotens noli,
nec quae fugit sectare, nec miser vive,
sed obstinata mente perfer, obdura.
Vale, puella, iam Catullus obdurat,
nec te requiret nec rogabit invitam.
At tu dolebis, cum rogaberis nulla.
Scelesta, vae te, quae tibi manet vita?
Quis nunc te adibit? Cui videberis bella?
Quem nunc amabis? Cuius esse diceris?
Quem basiabis? Cui labella mordebis?
At tu, Catulle, destinatus obdura.

Hinkjambus

ineptīre: töricht handeln, „spinnen"

fulgēre (Perf. **fulsī**): strahlen, leuchten - **fulsēre** = fulsērunt
sōlēs → sōl (dichterischer Plural)
ventitāre: oft kommen

iocōsus, a, um: scherzhaft, spaßig

sectārī: nachlaufen, überallhin folgen
obstinātus, a, um: unerschütterlich, unbeugsam, fest

vae: wehe!

labellum: die Lippe

dēstinātus, a, um: entschlossen, hartnäckig, fest

1. a) Gliedern Sie den Text in Sinnabschnitte und fassen Sie jeden Abschnitt in einem treffenden deutschen Satz zusammen.
b) Begründen Sie Ihren Gliederungsvorschlag, indem Sie sprachlich-formale Merkmale herausarbeiten, die Ihre Gliederung stützen.

2. Untersuchen Sie, welche sprachlich-stilistischen Mittel Catull verwendet, um die inhaltlichen Aussagen des Gedichtes zu unterstreichen.

3. Erläutern Sie die psychologische Strategie, die das Ich („Catull") zur Bewältigung der Situation anwendet (mit lat. Textbelegen).
4. Vergleichen Sie die Situation und Gefühlslage des Sprechers in diesem Text mit der in c. 51 (Text 4) und c. 85 (Text 9).
5. Deuten Sie mithilfe von Standbildern das Gedicht. Bilden Sie dafür Vierergruppen und verdoppeln Sie jeweils die Figur des „Catull" und der Lesbia, um auch widersprüchliche Gefühle zum Ausdruck bringen zu können.
6. Übertragen Sie die Formulierungen, die Gedanken und die Aussage dieses Textes in einen jugendsprachlich formulierten Text.

i 1 Das „lyrische Ich"

Bei der Interpretation von Gedichten ist zu beachten, dass das sprechende Ich eines Gedichtes nicht mit dem Verfasser (dem Ich des Autors) gleichzusetzen ist – auch dann nicht, wenn der Text eine autobiografische Lesart nahelegt. Denn eine rein biografische Deutung verkürzt die Aussage des Gedichtes: Die zum Ausdruck gebrachten Erlebnisse, Gedanken und Gefühle des lyrischen Ichs haben zwar eine Basis im Autor-Ich, werden jedoch künstlerisch gestaltet und damit ästhetisch objektiviert. Ebenso sind andere genannte Personen in den Gedichten – auch wenn sich Rückschlüsse auf real existierende Personen anbieten – als Rollen zu lesen. Wenn Catull nicht nur ein lyrisches Ich einführt, sondern darüber hinaus dieses Ich sich selbst mit dem Namen Catull ansprechen lässt, ist dies als raffiniertes Spiel mit dem biografischen und dem fiktiven Ich zu interpretieren (vgl. auch die Einführung, S. 5).

i 2 „Love-Story" – Intratextualität

Als Leser ist man immer wieder versucht, aus dem Zyklus der Lesbia-Gedichte eine (fiktive) „Love-Story" mit Anfang, Höhepunkten, Krisen und einem Ende herauszulesen, obwohl der Dichter die Texte bewusst nicht in einer solchen Chronologie angeordnet und darüber hinaus zahlreiche Texte anderer Thematik zwischen die Lesbia-Gedichte eingefügt hat. Doch Catull reizt den Rezipienten durch intratextuelle Bezüge (inhaltliche und wörtliche Verweise und Bezugnahmen auf Textstellen innerhalb desselben Werkes) dazu, die dargestellten Erlebnisse und zur Sprache gebrachten Reflexionen zu einer fiktiven Geschichte zusammenzufügen – auch dies eine spielerische, intellektuelle Herausforderung für den Leser oder Zuhörer.
Untersuchen Sie auf der Grundlage dieser Information das vorliegende Gedicht auf intratextuelle Bezüge.

Eine Frau küsst einen Mann
(ohne Angabe des Künstlers, 2019)

2.1 Süße Zeit der Liebe auf dem Land

Der römische Dichter Tibull wird um die Zeit geboren, als Catull stirbt. Sein erstes Gedicht stellt das Programm seines Dichtens vor: das elegische Wertesystem (→ Einführung, S. 6f.), die Liebe und das Landleben.

W Erschließen Sie die Bedeutung der folgenden Wörter aus den beigegebenen Fremdwörtern: *gelidus, a, um* → gelato (ital.) - *securus, a, um* → secure (engl.) - *tractare* → traktieren

T Lesen Sie vorab die beiden Informationskästen zu Tibull und der Elegie.

G **Accusativus Graecus bzw. limitationis**
Bsp.: *miles fractus membra* ein Soldat, der in Bezug auf seine Gliedmaßen zerbrochen ist / ein Soldat mit gebrochenen Gliedmaßen
Übersetzen Sie analog: *femina nuda pedes - vir vultum tristis*

11 Non ego divitias patrum fructusque requiro,
quos tulit antiquo condita messis avo:
Parva seges satis est, satis requiescere lecto,
si licet et solito membra levare toro.
Quam iuvat inmites ventos audire cubantem
et dominam tenero continuisse sinu
aut, gelidas hibernus aquas cum fuderit Auster,
securum somnos igne iuvante sequi.
Hoc mihi contingat. Sit dives iure, furorem
qui maris et tristes ferre potest pluvias.
O quantum est auri pereat potiusque smaragdi,
quam fleat ob nostras ulla puella vias.
Te bellare decet terra, Messalla, marique,
ut domus hostiles praeferat exuvias;
me retinent vinctum formosae vincla puellae,
et sedeo duras ianitor ante fores.
Non ego laudari curo, mea Delia; tecum
dum modo sim, quaeso segnis inersque vocer.
Te spectem, suprema mihi cum venerit hora,
te teneam moriens deficiente manu. [...]
Interea, dum fata sinunt, iungamus amores:
Iam veniet tenebris Mors adoperta caput,
iam subrepet iners aetas, nec amare decebit,
dicere nec cano blanditias capite.
Nunc levis est tractanda Venus, dum frangere postes
non pudet et rixas inseruisse iuvat.
Hic ego dux milesque bonus: Vos, signa tubaeque,
ite procul, cupidis vulnera ferte viris,
ferte et opes: Ego composito securus acervo
despiciam dites despiciamque famem.

messis, is f: die Ernte
seges, etis f: die Saat, das Saatfeld
levāre: LW1 - **torus:** das Polster
inmītis, e: wild
gelidus, a, um → W
sēcūrus, a, um → W
pluviae, ārum f Pl.: die Regengüsse
smaragdus: der Smaragd (Halbedelstein)
exuviae, ārum f Pl.: die Beute
vincīre (PPP **vinctum**): fesseln
fōrmōsus, a, um: schön
vincla = vincula
iānitor, ōris: der Türhüter
quaesō: bitteschön - **sēgnis, is:** träge
adopertus, a, um: verhüllt (→ G)
subrēpere: unbemerkt heranschleichen - **cānus, a, um:** grau
tractāre → W - **postis, is:** der Türpfosten
īnserere (Perf. **īnseruī**): anzetteln
sīgnum *hier:* das Feldzeichen
tuba: die Kriegstrompete
acervus: der Haufen
dēspicere: verachten
dītēs = dī(vi)tēs

1. Paraphrasieren und erläutern Sie den romantischen Traum des elegischen Ichs in V. 1–8. Beziehen Sie i 1 in Ihre Überlegungen mit ein.
2. Arbeiten Sie aus dem Text den Kontrast zwischen realer Welt (u.a. Messalla) und Tibulls imaginiertem Ideal heraus.
3. Weisen Sie das elegische System und die Szenerie des Paraklausithyron am Text mit konkreten Beispielen nach.
4. Weisen Sie Motive des *carpe diem* und des *memento mori* am Text nach. Vergleichen Sie mit einem weiteren einschlägigen Text eines anderen Dichters in dieser Ausgabe.
5. Recherchieren Sie zu Horaz' Satire von Stadt- und Landmaus. Deuten Sie vor diesem Hintergrund V. 29f.
6. Entwickeln Sie auf der Grundlage des Textes und des Briefs von Horaz an seinen Freund Tibull (→ i 2) eine Art Psychogramm beider Dichter.

i 1 Tibull (55–19 v. Chr.)

Die Elegiendichter Tibull, Properz und Ovid gelten als „Triumvirn der Liebe" (J. W. von Goethe). Tibull entstammte einer wohlhabenden römischen Ritterfamilie und verbrachte eine unbeschwerte Jugend auf dem Landgut seines Vaters. Später leistete er zehn Jahre Kriegsdienst unter Messalla Corvinus, einem Truppenführer des Augustus. Dieser reiche Mann wurde zum Unterstützer von Tibulls dichterischen Ambitionen. Tibull gehörte damit dem sog. „Messallakreis" an, sein Dichterfreund Horaz dem „Maecenaskreis". Wesentliche Themen der Liebeselegien Tibulls sind die Liebe zum Landleben, die Sehnsucht nach Frieden und die tragisch verlaufende Beziehung zu zwei geliebten Frauen, die in seiner Dichtung unter den Pseudonymen Delia und Nemesis firmieren.

i 2 Horaz epist. 1,4,6–16 an Freund Tibull

„Die Götter haben dir ein angenehmes Äußeres, Wohlstand und die Kunst zu genießen gegeben. Was sollte eine Amme ihrem süßen Zögling Größeres wünschen, als dass er Geschmack und Verstand hat und ausdrücken kann, was er fühlt, und ihm Sympathie, guter Ruf und Gesundheit im Übermaß zufällt und eine ordentliche Grundlage zum Leben, wo es am Geld nicht fehlt? Glaub mir, dass zwischen Hoffen und Bangen, zwischen Befürchtungen und Zorneswallungen jeder Tag als dein letzter aufgegangen sein könnte: Als willkommener Bonus wird die nie erhoffte Stunde kommen. Mich wirst du wohlgenährt und strahlend mit gut gepflegtem Teint antreffen, und wenn du lachen willst: eben ein typisches Schweinchen aus der Herde Epikurs."
(Übersetzung: Michael Lobe)

2.2 Träumer Tibull

In der dritten Elegie des ersten Buches imaginiert Tibull nach seinem Tod ein Leben auf den elysischen Gefilden (→ **i 1**) und erträumt sich seine Geliebte Delia als ideale Frau.

W Recherchieren Sie in einem Wörterbuch folgende Fachbegriffe aus der Welt des Spinnens:
stamen, inis n - *colus, us* f - *pensum*

T Lesen Sie zum Sachhintergrund des Textes vorab **i 1** und **i 2**.

G **Gen. qualitatis / Accusativus Graecus bzw. limitationis**
Bsp.: *vir magnae virtutis* ein Mann von großer Tapferkeit / ein sehr tapferer Mann
Übersetzen Sie: *puella rustici pudoris*

12 Sed me, quod facilis tenero sum semper Amori,
ipsa Venus campos ducet in Elysios.
Hic choreae cantusque vigent, passimque vagantes
dulce sonant tenui gutture carmen aves;
fert casiam non culta seges, totosque per agros
floret odoratis terra benigna rosis;
ac iuvenum series teneris inmixta puellis
ludit, et adsidue proelia miscet Amor.
Illic est, cuicumque rapax mors venit amanti,
et gerit insignī myrtea serta comā. [...]
At tu casta precor maneas, sanctique pudoris
adsideat custos sedula semper anus.
Haec tibi fabellas referat positāque lucernā
deducat plenā stamina longa colū,
at circa gravibus pensis adfixa puella
paulatim somno fessa remittat opus.
Tum veniam subito, nec quisquam nuntiet ante,
sed videar caelo missus adesse tibi.
Tunc mihi, qualis eris, longos turbata capillos,
obvia nudato, Delia, curre pede.

tener, tenera, tenerum: LW11

campī Ēlysiī: vgl. **i 1**

chorēa: der Chortanz, der Reigen
cantus, ūs: der Gesang - **passim:** ringsumher
tenuis, e: LW4 - **guttur, uris** n: die Kehle - **casia:** der wilde Zimt
seges, etis f: das fruchtbare Feld
odōrātus, a, um: duftend
benīgnus, a, um: gütig - **rosa:** vgl. Fw. - **inmixtus, a, um** + Dat.: vermischt mit - **lūdere** *hier:* tanzen
adsiduē Adv.: unablässig
rapāx, ācis: raubgierig, unaufhaltsam - **myrteus, a, um:** aus Myrte
serta, ōrum n Pl.: die Blumenkränze
K. Precor, (ut) tū casta maneās ...
adsidēre: dabeisitzen - **sēdulus, a, um:** geschäftig - **fābella:** die Altweibergeschichte - **lucerna:** die Öllampe - **stāmen, colus, pēnsum** → W - **circā** Adv.: ringsum
adfīxus, a, um m. Dat. *hier:* beschäftigt mit - **fessus, a, um:** erschöpft

nūdātus, a, um: entblößt

◇◇ **1.** Vergleichen Sie die Beschreibung des Elysiums (V. 3-10) mit **i 1** im Hinblick auf Gemeinsamkeiten und einen für die Liebeselegie typischen Unterschied.

◇◇ **2.** Belegen Sie anhand lateinischer Begriffe aus dem Text die Idealvorstellung des elegischen Ichs von einer Frau und vergleichen Sie mit **i 2**.

◇ **3.** Weisen Sie nach, wo das traute Bild erotisch durchbrochen wird. Erklären Sie diesen Befund.

4. Recherchieren Sie die Lucretia-Geschichte von Tibulls augusteischem Zeitgenossen Livius und vergleichen Sie mit der Wunschvorstellung in V. 11–18.
5. Zeigen Sie in einem detaillierten Text-Bild-Vergleich auf, dass der Maler exakt diese Verse Tibulls als Inspiration verstand.

1 Die *campi Elysii*

Die Gefilde der Seligen (*campi Elysii*) waren in der Vorstellung der griechischen Mythologie zunächst Inseln am westlichen Rand der Erde, auf denen die Seelen verstorbener guter Menschen nach ihrem Tod in Ruhe und Glückseligkeit weiterleben durften. Spätere Dichter wie Vergil versetzten dieses Lichtreich in die Unterwelt und nannten es Elysium, soviel wie „Heimstatt der Erlösten". Im Unterschied zum Schreckensreich des Tartarus, wo die Verbrecher ihre Unterweltsstrafen büßten, war das Elysium eine Art Paradies mit rosengeschmückten Wiesen, auf denen ewiger Frühling herrschte.

2 Das Ideal der römischen Frau

Das Ideal einer römischen Frau umfasste typische Grundwerte: Sie sollte häuslich sein, Wolle spinnen, überhaupt den Haushalt mit Umsicht, Sparsamkeit und Fleiß verwalten. Geprägt sein sollte sie von Schamhaftigkeit, Zurückhaltung und Selbstbeherrschung (*pudicitia*) sowie von moralischer Reinheit, Keuschheit (*castitas*) und Frömmigkeit (*pietas*).

Dante Gabriel Rossetti (1828–1882): Tibulls Rückkehr zu Delia. Kunsthandel London, Sotheby's

2.3 Sehnsucht nach einer besseren Frühzeit

In der letzten Elegie des ersten Buches thematisiert Tibull zunächst die furchtbare Verirrung des Kriegswesens ...

W Nennen Sie die Bedeutungen der folgenden Ihnen bekannten Wörter: *caedes, is – proelium – vitium – arx, arcis – somnus – vulgus – latus, eris – aedes, is*

T Lesen Sie zum Sachhintergrund des Textes vorab **i 1** und **i 2**.

G **Partizip Futur Aktiv**
Bsp.: *Morituri te salutant.* Die, die sterben werden, / Die Todgeweihten grüßen dich.
Übersetzen Sie: *Poeta opus mansurum scripsit. Cave tela in latere tuo haesura!*

13 Quis fuit, horrendos primus qui protulit enses?
Quam ferus et vere ferreus ille fuit!
Tum caedes hominum generi, tum proelia nata,
tum brevior dirae mortis aperta via est.
An nihil ille miser meruit, nos ad mala nostra
vertimus, in saevas quod dedit ille feras?
Divitis hoc vitium est auri, nec bella fuerunt,
faginus adstabat cum scyphus ante dapes.
Non arces, non vallus erat, somnumque petebat
securus sparsas dux gregis inter oves.
Tunc mihi vita foret, vulgi nec tristia nossem
arma nec audissem corde micante tubam.
Nunc ad bella trahor, et iam quis forsitan hostis
haesura in nostro tela gerit latere.
Sed patrii servate Lares: Aluistis et idem,
cursarem vestros cum tener ante pedes.
Neu pudeat prisco vos esse e stipite factos:
Sic veteris sedes incoluistis avi.
Tum melius tenuere fidem, cum paupere cultu
stabat in exigua ligneus aede deus.

horrendus, a, um: schauerlich

erg. nāta (sunt)

dīrus, a, um: schrecklich

fāginus, a, um: aus Buchenholz
adstāre: bereitstehen – **scyphus:** der Becher
dapēs, um f Pl.: das Mahl – **vallus:** der Schanzpfahl
sēcūrus, a, um: LW11 – **grex, gregis:** die Herde – **foret** = fuisset
nōssem = nō(vi)ssem
audīssem = audī(vi)ssem – **tuba:** die Kriegstrompete
forsitan: vielleicht
cursāre: laufen – **tener** *hier:* als kleiner Junge
neu = nēve – **stīpes, itis** m: der Holzklotz – **incolere** (Perf. **incoluī**): bewohnen
tenuēre = tenuērunt
līgneus, a, um: aus Holz

1. Erläutern Sie vor dem Hintergrund von **i 2** die besondere Gestaltung des Topos in V. 1ff.
2. Nennen Sie den im Text genannten Grund für die Erfindung von Waffen.
3. Belegen Sie auf der Grundlage von **i 1** textliche Bezüge zum eisernen und zum goldenen Zeitalter.

4. Zeigen Sie am Text auf, wie das elegische Ich sich positioniert. Vergleichen Sie mit Text 11.
5. Arbeiten Sie mögliche Vergleichspunkte zwischen Text und Fresko heraus.

1 Das Deszendenzmodell der Weltzeitalterlehre

Seit Hesiod gibt es die mythische Vorstellung verschiedener Weltzeitalter, die in Ovids *Metamorphosen* ihre gültige Form erhalten haben: Auf ein paradiesisches goldenes Zeitalter des Friedens, der Gerechtigkeit und des einfachen Lebens im Einklang mit der Natur folgen in stetem Abstieg das silberne, bronzene und das eiserne Zeitalter. Zu den Kennzeichen der *ferrea aetas* gehört der Schiffbau und mit ihm der Seeraub, dazu die Landvermessung, die das ursprüngliche Gemeingut in privaten Bodenbesitz umwandelt, und nicht zuletzt der Bergbau, der das Eisen für Waffen und Gold zu Tage fördert. Das verändert die Menschen zum Negativen: Hinterlist, Gewalt und Gier ersetzen Ehrgefühl, Wahrheit und Treue.

2 Der Topos des „ersten Erfinders"

In der antiken Literatur findet sich häufig das Lob auf die ersten Erfinder bestimmter Gegenstände bzw. Techniken (πρῶτος εὑρετής, *primus inventor*). Das kann z.B. der erste Mensch sein, der mit einem Schiff über das Meer fuhr, oder der Erste, der die Sterne beobachtete, eine bestimmte Weltanschauung begründete etc.

Pompejanisches Fresko einer bukolischen Landschaft mit Paris als Hirten

2.4 Friede und Liebeskrieg

Nach der Darstellung der traurigen Folgen von Krieg stellt Tibull das goldene Zeitalter des Friedens vor. Friede ermöglicht u.a. das Spiel der Liebe zwischen den Geschlechtern ...

W Erschließen Sie die Bedeutungen der folgenden Wörter aus den Fremdwörtern: *paternus, a, um* (→ paternalistisch) – *rusticus* (→ rustikal) – *demens, ntis* (→ dement) – *lascivus, a, um* (→ lasziv) – *ornatus* (→ Festornat)

T Stellen Sie vor der Übersetzung die Subjekte zusammen und stellen Sie erste Vermutungen über den Inhalt an.

G **Jussiv und Optativ**
Bsp.: *Rustici agros colant!* Die Bauern sollen die Felder bestellen!
(Utinam) sit annus felix! Möge es ein glückliches Jahr sein!
Übersetzen Sie: *Pereant mali! Sit satis voluisse!*

14 Interea pax arva colat. Pax candida primum
duxit araturos sub iuga curva boves,
pax aluit vites et sucos condidit uvae,
funderet ut nato testa paterna merum,
pace bidens vomerque nitent – at tristia duri
militis in tenebris occupat arma situs –
rusticus e lucoque vehit, male sobrius ipse,
uxorem plaustro progeniemque domum.
Sed Veneris tum bella calent, scissosque capillos
femina perfractas conqueriturque fores.
Flet teneras subtusa genas, sed victor et ipse
flet sibi dementes tam valuisse manus.
At lascivus Amor rixae mala verba ministrat,
inter et iratum lentus utrumque sedet.
A, lapis est ferrumque, suam quicumque puellam
verberat: E caelo deripit ille deos.
Sit satis e membris tenuem rescindere vestem,
sit satis ornatus dissolvisse comae,
sit lacrimas movisse satis: Quater ille beatus,
quo tenera irato flere puella potest.
Sed manibus qui saevus erit, scutumque sudemque
is gerat et miti sit procul a Venere.
At nobis, Pax alma, veni spicamque teneto,
perfluat et pomis candidus ante sinus.

arvum: das Ackerland
candidus, a, um: LW10
arātūrus *hier:* pflügewillig
vītis, is f: die Weinrebe – **sūcus:** der Saft – *K.* ut testa paterna ... funderet. – **testa:** der Krug
paternus, a, um → W – **bidēns:** die Hacke – **vōmer:** der Pflug – **nitēre:** glänzen – **rūsticus** → W
sōbrius, a, um: nüchtern
plaustrum: der Lastwagen
prōgeniēs, ēī: die Nachkommenschaft – **calēre** *hier:* hochkochen
capillus: LW12 – **perfringere** (PPP **perfrāctum**): zerbrechen
conquerī: laut beklagen – **forēs, ium** f Pl.: LW11 – **tener, era, erum:** LW11 – **subtūsus, a, um:** (an)geschwollen (vgl. G zu Text 11)
gena: die Wange – **dēmēns, ntis** → W – **lascīvus, a, um** → W – **rīxa:** LW11 – **ministrāre** *hier:* zuflüstern
lentus, a, um *hier:* gleichgültig
verberāre: schlagen – **tenuis, e:** LW4 – **rescindere** *hier:* herunterreißen – **ōrnātus, ūs** → W
dissolvere (Perf. **dissolvī**): lösen, zerstören – **coma:** LW12 – **quater:** viermal – **scūtum:** der Schild
sudis, is f: der Speer
mītis, e: sanft
almus, a, um: nährend – **spīca:** die Ähre – **perfluere:** überfließen
poma, ōrum n Pl.: das Obst

1. Stellen Sie aus V. 1-8 zusammen, was *pax* alles bewirkt.
2. Erklären Sie das Paradoxon von *Sed Veneris tum bella calent* ... (V. 9a) und dem jeweiligen Grund für die Trauer von Frau und Mann in V. 9b–13.
3. Erläutern Sie die Rolle des Liebesgottes Amor in dieser Situation unter Einbezug von **i 2**.
4. Beschreiben Sie die Haltung des elegischen Ichs zu Gewalt in einer Liebesbeziehung und ordnen Sie das in den Kontext des elegischen Wertesystems (→ Einführung, S. 6f.) ein.
5. Vergleichen Sie das Relief der Tellus mater bzw. Pax mit ihrer Darstellung im Text.

i 1 *Pax Augusta* und *Ara Pacis*

Rund 100 Jahre herrschten in Rom und Italien Bürgerkriege - von der Zeit der Gracchen (133 v. Chr.) bis zur Seeschlacht von Actium 31 v. Chr., in der Octavian seinen Widersacher Marcus Antonius bezwang und zum *Princeps* mit dem Ehrentitel Augustus wurde. Seine Herrschaft galt vielen Menschen als Wiederkehr des goldenen Zeitalters, da im Lande der so lang ersehnte Frieden eingezogen war und mit ihm Rechtssicherheit, Versorgung mit Nahrungsmitteln und allgemeiner Wohlstand. Dieser *Pax Augusta* zu Ehren wurde 9 v. Chr. auf dem Marsfeld in Rom der Friedensaltar eingeweiht, die berühmte *Ara Pacis*.

Relief der Tellus mater bzw. Pax auf der Ara Pacis, Rom

i 2 Liebesgott Amor bzw. Cupido

Es gibt zwei Theorien über die Abstammung des Liebesgottes Amor: Nach der einen sei er der Sohn der Liebesgöttin Venus und ihres Mannes, des Schmiedegottes Vulcanus, nach der anderen aus einer Affäre der Venus mit dem Kriegsgott Mars entstanden. Von beiden Vätern scheint Amor etwas geerbt zu haben: Pfeil und Bogen nutzt er dazu, die Herzen der Menschen in Flammen zu setzen, wobei es ihm gleichgültig ist, ob er damit Ehen zerstört oder anderes Unheil anrichtet. Dabei trügt sein unschuldiges Aussehen eines Engelchens mit goldenen Locken und rosigen Wangen.

2.5 Liebesgott Amor auf dem Land

Tibull schildert die Ambarvalien, ein ländliches Fest mit einem rituellen Flurumgang. Nach der Darstellung des Opfers und eines fröhlichen Zechgelages zu Ehren seines Gönners Messalla thematisiert er, dass das Land auch Ursprung des Liebesgottes ist ...

W Nennen Sie die Bedeutungen folgender Ihnen bekannter Wörter: *nasci, nascor, natus sum – equa, ae – opes, um – custos, odis – tenebrae, arum – sanctus, a, um – palam – quisque – iungere – tacitus, a, um*

Ncl II

Bsp.: *Homerus caecus fuisse dicitur / traditur / fertur.* Homer soll blind gewesen sein.
Übersetzen Sie: *Venus ex undis maris nata esse dicitur.*

15 Ipse quoque inter agros interque armenta Cupido
natus et indomitas dicitur inter equas.
Illic indocto primum se exercuit arcu:
Ei mihi, quam doctas nunc habet ille manus!
Nec pecudes, velut ante, petit: Fixisse puellas
gestit et audaces perdomuisse viros.
Hic iuveni detraxit opes, hic dicere iussit
limen ad iratae verba pudenda senem:
Hoc duce custodes furtim transgressa iacentes
ad iuvenem tenebris sola puella venit
et pedibus praetemptat iter suspensa timore,
explorat caecas cui manus ante vias.
A miseri, quos hic graviter deus urget! At ille
felix, cui placidus leniter adflat Amor.
Sancte, veni dapibus festis, sed pone sagittas
et procul ardentes hinc precor abde faces.
Vos celebrem cantate deum pecorique vocate
voce: Palam pecori, clam sibi quisque vocet.
Aut etiam sibi quisque palam: Nam turba iocosa
obstrepit et Phrygio tibia curva sono.
Ludite: Iam Nox iungit equos, currumque sequuntur
matris lascivo sidera fulva choro,
postque venit tacitus furvis circumdatus alis
Somnus et incerto Somnia nigra pede.

K. Cupīdō dīcitur nātus (esse) inter agrōs interque armenta et inter indomitās equās. – **armenta, ōrum** n Pl.: die Viehherden – **indomitus, a, um:** ungezähmt – **indoctus, a, um:** ungeübt
pecudēs, um f Pl.: die Viehherden
fīgere (Perf. **fīxī**): durchbohren
gestīre: nach etw. drängen
audāx, ācis: kühn, mutig
perdomāre (Perf. **perdomuī**): vollständig zähmen – **dētrahere** (Perf. **dētrāxī**): entreißen – *K.* hic (Cupīdō) iussit senem ad līmen īrātae (puellae) verba pudenda dīcere
verba pudenda: schämenswerte Liebesworte – *K.* hōc dūce puella sōla (trānsgressa cūstōdēs iacentēs) tenebrīs ad iuvenem venit – **fūrtim:** heimlich – **praetemptāre:** vorab betasten – **adflāre:** Rückenwind geben – **dapēs, um** f Pl.: das Mahl
abdere: verbergen

iocōsus, a, um: zu Scherzen aufgelegt
obstrepere: lärmen – **Phrygius, a, um:** phrygisch – **tībia:** die Flöte
curvus, a, um: LW14 – **lūdere:** LW1
lascīvus, a, um: LW14 – **fulvus, a, um:** funkelnd – **chorus:** der Reigen
furvus, a, um: schwarz, dunkel
āla: der Flügel – **somnium:** der Traum – **niger, nigra, nigrum:** schwarz, dunkel

1. Zeigen Sie die in V. 1-6 geschilderte Entwicklung Cupidos auf. Versuchen Sie dabei auch eine Deutung der Marmorskulptur rechts.
2. Beschreiben Sie anhand von V. 7-13, was die Pfeile Cupidos bei beiderlei Geschlecht auslösen.
3. Erläutern Sie den gebetsartig vorgetragenen Wunsch des elegischen Ichs an Cupido in V. 15f. Berücksichtigen Sie dazu auch **i 2** auf S. 25.
4. Erklären Sie die Aufforderung des elegischen Ichs an die fröhliche Festgemeinschaft in V. 17-20.
5. Entwickeln Sie, mit welchen Mitteln der Naturvorgang des Nachtwerdens in V. 21-24 poetisiert wird. Vergleichen Sie Tibulls Gestaltung mit dem Gemälde von Evelyn De Morgan.

Vergils *Bucolica* und *Georgica* als Subtext für Tibull

Der röm. Dichter Vergil (70 - 19 v. Chr.) schildert in den *Bucolica* (Hirtengedichte, 42 - 39 v. Chr.) eine Hirtenwelt, in der sich unter der Maske des Schäferpersonals zeitgeschichtliche Anspielungen finden, v.a. aber auch idyllische Traumbilder einer heilen ländlichen Welt. Das Lehrgedicht *Georgica* (Landbau, 38 - 31 v. Chr.) versucht an den Themen Ackerbau, Baumpflanzung, Vieh- und Bienenzucht eine Darstellung der Ordnung der Natur und zugleich eine Sinndeutung menschlichen Lebens. Der Wunsch nach einer heilen, friedlichen Welt und einem Zurück zum Landleben der Vorfahren entsprach der Bewusstseinslage der römischen Gesellschaft nach einem Jahrhundert der Bürgerkriege - und zugleich der augusteischen Ideologie der Restauration und Wiederherstellung ursprünglicher Werte. Tibull greift in seinen Elegien viele Motive aus beiden Werken auf.

Evelyn De Morgan (1855-1919): Night and Sleep (1878)

2.6 Liebesschmerz des Dichters

Das elegische Ich beklagt sich über die Habgier (*avaritia*) seiner Geliebten Nemesis, deren Gunst ihm teuer zu stehen kommt …

W Nennen Sie die Bedeutung folgender Ihnen bekannter Wörter bzw. Wortverbindungen: *libertas paterna – peccare – tales dolores – mare vastum – umbra noctis – procul – orbis, is – faciles aditūs*

G **Hyperbata in der Dichtung**
Bsp.: … *cui **placidus** leniter adflat **Amor**.*
… dem ein **friedlicher Amor** auf milde Weise Rückenwind verleiht.
Stellen Sie alle Hyperbata des Textes zusammen und übersetzen Sie diese vorab.

16 Hic mihi servitium video dominamque paratam:
Iam mihi, libertas illa paterna, vale.
Servitium sed triste datur, teneorque catenis,
et numquam misero vincla remittit Amor,
et seu quid merui seu nil peccavimus, urit.
Uror, io, remove, saeva puella, faces.
O ego ne possim tales sentire dolores,
quam mallem in gelidis montibus esse lapis,
stare vel insanis cautes obnoxia ventis,
naufraga quam vasti tunderet unda maris!
Nunc et amara dies et noctis amarior umbra est:
Omnia nam tristi tempora felle madent.
Nec prosunt elegi nec carminis auctor Apollo:
Illa cava pretium flagitat usque manu.
Ite procul, Musae, si non prodestis amanti:
Non ego vos, ut sint bella canenda, colo,
nec refero Solisque vias et qualis, ubi orbem
complevit, versis Luna recurrit equis.
Ad dominam faciles aditus per carmina quaero:
Ite procul, Musae, si nihil ista valent.

catēna: die Kette
vincla = vincula – **remittere** *hier:* lösen
seu … seu: sei es, dass … sei es, dass – **merēre:** LW13 – **ūrere:** LW5
removēre: zurückziehen – **fax, facis:** LW15
gelidus, a, um: LW11 – **lapis:** LW14
īnsānus, a, um *hier:* tosend
cautēs, is f: die Klippe
obnoxius, a, um: ausgesetzt, preisgegeben – **naufragus, a, um:** Schiffe zerschellend – **tundere:** stoßen – **fel, fellis** n: die Galle
madēre m. Abl.: triefen (von)
elegī, ōrum m Pl.: elegische Verse
flāgitāre: fordern
recurrere: wiederkehren

1. Erläutern Sie anhand der Einführung auf S. 6f., was das elegische Ich unter *libertas paterna* als Gegensatz zum *servitium triste* versteht.
2. Belegen Sie an einem Vers die *avaritia* der Geliebten.
3. Nennen und erklären Sie die beiden Metaphern der erträumten Unverwundbarkeit des elegischen Ichs.
4. Beschreiben Sie, welche Hoffnung das elegische Ich auf das Dichten von Elegien setzt und wie diese enttäuscht wird. Beziehen Sie auch **i 1** und **i 2** mit ein.

5. Beurteilen Sie aus Ihrer Kenntnis von Tibulls Elegien folgende Einschätzung von W. Willige: „Tibull war ein Träumer [...], der sich mit Fleiß den harten Notwendigkeiten seiner Zeit entzog, um im Eigenleben Befreiung und Erlösung zu finden."
6. Erklären Sie ausgehend von der Bildunterschrift die Merkhilfe Klio-Me-Ter-Thal-Eu-Er-Ur-Po-Kal.

i 1 Apoll und die Musen / Apoll und Augustus

Apoll ist der Gott der Weissagung, der Heilkunst, v.a. aber auch der Musik und der Dichtkunst. Als Musaget, Anführer der Musen, stand er den neun Schutzgöttinnen der Künste vor. Kaiser Augustus hatte sich als Schutzgottheit Apoll ausgewählt, dem er auf dem Palatin einen prächtigen Tempel errichten ließ, neben dem er sein Wohnhaus hatte; ganz ähnlich verstand sich Augustus als Schutzherr der Künste, v.a. der Literatur und der Dichter wie Vergil und Horaz, um die sich sein Freund Maecenas kümmerte.

i 2 Tibull als alexandrinischer Dichter

Bereits Catull und die Neoteriker hatten nach dem Vorbild des hellenistischen und an der Bibliothek zu Alexandria wirkenden Dichterphilologen Kallimachos (305 - 240 v. Chr.) gedichtet: kleine, gelehrte Gedichte statt großer Epen und langer Lehrgedichte. Diesem poetologischen Programm ist auch Tibull verpflichtet, wie die V. 16–18 verdeutlichen: Sein Thema sind nicht Kriege (*bella*) wie in den Epen und auch nicht die Umläufe der Sonne (*Solisque vias*) und des Mondes (*Luna*) wie in Lehrgedichten über Himmelserscheinungen.

Sog. „Musensarkophag" (2. Jh. n. Chr.): Die neun Musen (von links nach rechts): Klio (Geschichtsschreibung), Thaleia (Komödie), Erato (Liebesdichtung), Euterpe (Lyrik), Polyhymnia (ernster Gesang), Kalliope (Epos), Terpsichore (Tanz), Urania (Astronomie), Melpomene (Tragödie). Paris, Musée du Louvre

3 Ovid

3.1 Liebesdichtung schreiben

In der berühmten 1. Elegie der *Amores* spielt Ovid mit dem literarischen Wissen seiner Leser: Das elegische Ich klagt, dass der Liebesgott Amor ihm durch den Raub eines Versfußes sein Vorhaben, ein Epos zu verfassen, vereitelt und ihn zwingt, Liebesdichtung zu schreiben.

W Recherchieren Sie folgende Fachbegriffe aus dem Bereich der Dichtungs- und Verslehre: *materia – modus – numerus: sex / quinque numeri – pes – versus: inferior / primus / proximus versus*

T Informieren Sie sich über die klassische Zuordnung der verschiedenen Metren zu bestimmten literarischen Gattungen (→ **i 1**).

G **Ablativus absolutus**
Übersetzen Sie: *Ovidius: „Scripsi carmen materiā modis (Versmaße) convenientе, numquam Marte lyram movente."*

17 Arma gravi numero violentaque bella parabam
edere, materia conveniente modis.
Par erat inferior versus – risisse Cupido
dicitur atque unum surripuisse pedem.
„Quis tibi, saeve puer, dedit hoc in carmina iuris?
Pieridum vates, non tua turba sumus.
Quid, si praeripiat flavae Venus arma Minervae,
ventilet accensas flava Minerva faces?
Quis probet in silvis Cererem regnare iugosis,
lege pharetratae Virginis arva coli?
Crinibus insignem quis acuta cuspide Phoebum
instruat, Aoniam Marte movente lyram?
Sunt tibi magna, puer, nimiumque potentia regna;
cur opus adfectas, ambitiose, novum?
An, quod ubique, tuum est? Tua sunt Heliconia Tempe?
Vix etiam Phoebo iam lyra tuta sua est?
Cum bene surrexit versu nova pagina primo,
attenuat nervos proximus ille meos;
nec mihi materia est numeris levioribus apta,
aut puer aut longas compta puella comas."
Questus eram, pharetrā cum protinus ille solutā
legit in exitium spicula facta meum,
lunavitque genu sinuosum fortiter arcum,
„quod"que „canas, vates, accipe", dixit, „opus!"
Me miserum! Certas habuit puer ille sagittas.
Uror, et in vacuo pectore regnat Amor.
Sex mihi surgat opus numeris, in quinque residat:
Ferrea cum vestris bella valete modis!

numerus → W – **violentus, a, um:** gewalttätig, stürmisch
māteria → W – **modus** → W
īnferus → W – **versus** → W
surripere (Perf. **surripuī**): heimlich wegnehmen – **pēs** → W
hoc iūris: dieses Recht
Pīerides, um: die Musen
praeripere: wegschnappen, entreißen – **ventilāre:** in der Luft schwingen – **fax, facis:** LW15
iugōsus, a, um: gebirgig
pharetrātus, a, um: köchertragend
Virgō *hier:* Diana (Göttin der Jagd)
arvum: das Ackerland – **īnsīgnis, e:** LW12 – **acūtus, a, um:** spitz, scharf
cuspis, idis f: die Spitze (*hier:* der Pfeil) – **Phoebus:** Beiname des Apoll
Āonius, a, um: aus Böotien
adfectāre: begehren – **ambitiōsus, a, um:** ehrgeizig – **Helicōnia Tempē** n Pl.: Tal am Helikon
pāgina: das Blatt (Papier), die Seite
attenuāre: schwächen – **nervus** *hier:* die Energie, der Schwung
cōmere (PPP **cōmptum**): schmücken
coma: LW12
pharetra: der Köcher
exitium: der Untergang – **spīculum:** die (Pfeil-)Spitze
lūnāre *hier:* spannen
genū, ūs n: das Knie – **sinuōsus, a, um:** gekrümmt – **arcus:** LW15
canere: LW16 – **certus, a, um** *hier:* treffsicher – **sagitta:** LW15
ūrere: LW5 – **residēre:** sich niederlassen – **ferreus:** LW13

Cingere litoreā flaventia tempora myrto,
Musa, per undenos emodulanda pedes!

cingere = cingeris – **lītoreus, a, um:** vom Strand – **flāvēns, ntis:** blond **tempus, temporis** n: die Schläfe **myrtus, ī** f: die Myrte, der Myrtenkranz – **Mūsa ... pedēs:** Muse, die du mit je 11 Versfüßen zu besingen bist

1. Arbeiten Sie heraus, welche Themen zur Hexameter-Dichtung gehören, welche zum elegischen Distichon (mit lat. Textbelegen).
2. Erklären Sie, warum Cupido dem elegischen Ich nicht nur einen Versfuß stiehlt, sondern auch noch einen seiner Pfeile auf ihn schießt.
3. Die Elegie ist in drei Teile gegliedert: V. 1-4, V. 5-20, V. 21-30: Fassen Sie jeden Abschnitt in einem treffenden Satz zusammen.
4. Das elegische Ich wirft Cupido vor, sich in den Zuständigkeitsbereich der Musen einzumischen. Untersuchen Sie, wie dieser Vorwurf in der Elegie gestaltet wird, nehmen Sie dabei Bezug auf die angeführten Beispiele aus dem Bereich der Mythologie (zu den Musen → **i 1**, S. 29).
5. Zeigen Sie auf, woran zu erkennen ist, dass Ovid in dieser Elegie scherzhaft mit dem Leser und dessen Erwartungen spielt (→ **i 1**, **i 2** und Einführung auf S. 5–7).

i 1 Versmaße und literarische Gattungen

In der Antike besteht ein enger Zusammenhang zwischen Thema / Stoff / Gattung eines Werkes und der Form: Lehrdichtung und Epos (Götter- und Heldendichtung) werden in dem vielleicht berühmtesten antiken Versmaß, dem Hexameter, verfasst. Lyrische Gedichte (der Begriff Lyrik leitet sich von der Lyra, einer Leier, ab, zu der die Gedichte gesungen wurden) stehen in verschiedenen lyrischen Versmaßen, die Liebeselegie dagegen in sogenannten Distichen. Ein Distichon besteht aus zwei Versen: einem Hexameter (6 Versfüße) und einem Pentameter (5 Versfüße) – s. auch S. 44.

i 2 Ovid – *poeta doctus* und *tenerorum lusor amorum*

Publius Ovidius Naso (43 v. Chr. – 17 n. Chr.) gehörte zum Dichterkreis des Messalla Corvinus, der auch den Elegiker Tibull förderte. Er, den Seneca als *poetarum ingeniosissimus* (*nat.* 3,27,13) bezeichnete, sorgte dafür, dass das literarisch gebildete Publikum stets glänzend unterhalten wurde: So trat er einerseits als *poeta doctus* („gelehrter Dichter") auf und forderte seine Rezipienten z.B. durch zahlreiche Anspielungen auf bestimmte Mythen intellektuell heraus. Vor allem jedoch präsentierte er sich als geistreicher *tenerorum lusor amorum* („Dichter spielerischer Liebeslieder"): Da der Gattungstyp der Liebeselegie bereits bekannt war, spielte Ovid – z.T. ironisch-parodistisch – mit vorhandenen Motiven, erweiterte den Themenkatalog (z.B. um die Themen Abtreibung und Impotenz) und bewies seine rhetorische Meisterschaft durch raffinierte sprachliche Gestaltung.

3.2 Erfüllte Mittagsstunde

Das elegische Ich entführt den Leser in den *Amores* 1,5 in die besondere Atmosphäre einer beglückenden Mittagsstunde – mit höchst erwünschtem Damenbesuch.

W Wiederholen bzw. recherchieren Sie die folgenden lateinischen Bezeichnungen für Körperteile (hier z.T. im Plural): *membra, collum, coma, oculi, corpus, umeri, lacerti, papillae, pectus, venter, latus, femur*

T Das elegische Ich erzählt: Erschließen Sie den Inhalt der Elegie, indem Sie zunächst nur die Verben, die in der 1. Pers. Sg. Perfekt Aktiv stehen, (ggf. mit direktem Objekt) übersetzen.

G **Fragesatz als Ausruf**
Übersetzen Sie: *Quam planus venter! Quale latus! Quam iuvenale femur!*

18 Aestus erat, mediamque dies exegerat horam;
adposui medio membra levanda toro.
Pars adaperta fuit, pars altera clausa fenestrae;
quale fere silvae lumen habere solent,
qualia sublucent fugiente crepuscula Phoebo,
aut ubi nox abiit, nec tamen orta dies.
Illa verecundis lux est praebenda puellis,
qua timidus latebras speret habere pudor.
Ecce, Corinna venit, tunicā velata recinctā,
candida dividuā colla tegente comā –
qualiter in thalamos famosa Semiramis isse
dicitur, et multis Lais amata viris.
Deripui tunicam – nec multum rara nocebat;
pugnabat tunicā sed tamen illa tegi.
Quae cum ita pugnaret, tamquam quae vincere nollet,
victa est non aegre proditione sua.
Ut stetit ante oculos posito velamine nostros,
in toto nusquam corpore menda fuit.
Quos umeros, quales vidi tetigique lacertos!
Forma papillarum quam fuit apta premi!
Quam castigato planus sub pectore venter!
Quantum et quale latus! Quam iuvenale femur!
Singula quid referam? Nil non laudabile vidi
et nudam pressi corpus ad usque meum.
Cetera quis nescit? Lassi requievimus ambo.
Proveniant medii sic mihi saepe dies!

adpōnere (Perf. **adposuī**): hinlegen
levāre: LW1 – **torus:** das Bett, das Lager
adaperīre (PPP **adapertum**): aufdecken, öffnen
sublūcēre: durchschimmern
crepusculum: die Dämmerung, das Zwielicht – **Phoebus** *hier:* die Sonne
verēcundus, a, um: scheu, schüchtern
recingere (PPP **recinctum**): den Gurt / Gürtel lösen
candidus: LW10 – **dīviduus, a, um:** geteilt, gescheitelt – **coma:** LW12
quāliter: (gleich)wie – **thalamus:** das Ehe-/Schlafgemach – **fāmōsus, a, um:** berühmt
Semīramis: sagenhafte assyrische Königin, berühmt-berüchtigt wegen ihrer Schönheit und Verführungskunst
Lais: eine berühmte Hetäre
dēripere: LW14 – **rārus, a, um** *hier:* dünn – **pūgnāre** (m. Inf.) *hier:* darum kämpfen, dass
aegrē: ungern, widerwillig
prōditiō, ōnis f: der Verrat
pōnere *hier:* wegwerfen, weglegen
vēlāmen, inis n: das Kleidungsstück, die Hülle
nusquam: nirgends – **menda:** der Fehler, der Makel – **lacertī** → W
papillae → W – **aptus:** LW17
castīgātus, a, um: straff – **venter** → W – **femur** → W – **nīl** = nihil
laudābilis, e: rühmenswert
requiēscere: LW11
prōvenīre: vorkommen, gelingen

1. In dieser Elegie begegnet dem Leser kaum ein Vers ohne Hyperbaton. Untersuchen Sie die Funktion dieses Stilmittels. Prüfen Sie, wo jeweils eine abbildende Wortstellung vorliegt.
2. Charakterisieren Sie die dargestellte Atmosphäre und die Lichtverhältnisse (V. 1–8) und setzen Sie diese in Bezug zum Inhalt der Elegie.
3. Analysieren und deuten Sie Corinnas Verhalten (mit lat. Textbelegen).
4. Corinnas Anblick entzückt das elegische Ich. Der Dichter betont diese Begeisterung auch formal. Untersuchen Sie V. 17–24 stilistisch.
5. Informieren Sie sich über das antike weibliche Schönheitsideal (→ i und M). Vergleichen Sie die Darstellung im Text mit der Abbildung und halten Sie fest, welche Gemeinsamkeiten und Unterschiede Ihnen auffallen.
6. In der Forschung wird immer wieder die Zeitlosigkeit und „Modernität" dieser Elegie betont. Begründen Sie, welche Aspekte des Textes Basis dieser These sein könnten.

i Aphrodite – Schönheitsideal der Frau

Künstlerische Darstellungen der Göttin Aphrodite, der Göttin der Liebe und der Schönheit (röm. Venus), können als Verkörperungen des antiken weiblichen Schönheitsideals betrachtet werden. In Porträts erscheint sie anmutig, zart und schlank, aber keinesfalls dünn, mit kleinen, festen Brüsten. Auffällig ist auch, dass sie oftmals nicht mit dunklen Haaren präsentiert wird, sondern mit blonden: Homer bezeichnet sie in der *Ilias* als „die Goldene". Auch andere Götter weisen im Mythos blondes Haar auf (vgl. Text 17). Diese besondere Wertschätzung des Gold-Blonden ist einerseits auf die Symbolik des Goldes zurückzuführen, andererseits hängt sie auch damit zusammen, dass hellere Haartöne in den südeuropäischen Ländern seltener auftraten und daher als besonders attraktiv galten. Aus demselben Grund war helle Haut begehrt, zudem wurde sie mit einem höheren sozialen Status assoziiert.

Aphrodite Kallipygos („Aphrodite mit dem schönen Gesäß"), griech. Bronzestatue (um 100 v. Chr.), Gipsabguss nach einer Marmorreplik, Museo Archeologico Nazionale, Neapel

M Catull, c. 43 – Kein Schönheitsideal

Aus der bewertenden Beschreibung einer Frau in Catulls Gedicht c. 43 kann der Leser – gleichsam *ex negativo* – schließen, welche Charakteristika als attraktiv galten.

Sei gegrüßt, Mädchen, die du kein kleines Näschen hast,
keinen hübschen Fuß und keine schwarzen Augen,
weder lange Finger noch einen trockenen Mund,
auch sprachlich wirklich nicht besonders gewandt bist [...].
– Erzählt die Provinz, du seist schön?
Meine Lesbia wird mit dir verglichen?
O geistlose und plumpe Zeit!
(Übersetzung: Karin Haß)

3.3 Macht der Liebe(sdichtung)

Das lyrische Ich legt wiederum dar, warum es statt eines Götter- und Heldenepos Liebeselegien schreibt. Die Begründung ist dieses Mal jedoch eine andere.

W Leiten Sie die Bedeutungen der folgenden lateinischen Begriffe her: *aquosus, a, um* (→ *aqua* + Suffix *-osus* („reich an ...")) – *frigidus, a, um* (→ engl. fridge) – *caelestis, e* (→ *caelum*) – *centimanus, a, um* (→ *centum* + *manus*) – *mollire* (→ *mollis*) – *sanguineus, a, um* (→ *sanguis*)

T Lesen Sie **i** und suchen Sie im Elegientext nach Hinweisen darauf, dass hier eine Recusatio vorliegt.

G **Aspekte des Imperfekts**
Das Imperfekt bezeichnet dauerhafte Zustände, wiederholte Handlungen oder (erfolglose) Versuche (durativer, iterativer und konativer Aspekt des Imperfekts). Betrachten Sie genauer: *Diu ante fores puellae stabam. Amica saepe fores claudebat. Ego fores frustra aperiebam.*

19 Hoc quoque conposui Paelignis natus aquosis,
ille ego nequitiae Naso poeta meae.
Hoc quoque iussit Amor – procul hinc, procul este, severi!
Non estis teneris apta theatra modis.
Me legat in sponsi facie non frigida virgo,
et rudis ignoto tactus amore puer;
atque aliquis iuvenum, quo nunc ego, saucius arcu
agnoscat flammae conscia signa suae [...].
Ausus eram, memini, caelestia dicere bella
centimanumque Gyen – et satis oris erat [...].
In manibus nimbos et cum Iove fulmen habebam,
quod bene pro caelo mitteret ille suo.
Clausit amica fores! Ego cum Iove fulmen omisi;
excidit ingenio Iuppiter ipse meo.
Iuppiter, ignoscas! Nil me tua tela iuvabant;
clausa tuo maius ianua fulmen habet.
Blanditias elegosque levis, mea tela, resumpsi;
mollierunt duras lenia verba fores.
Carmina sanguineae deducunt cornua lunae,
et revocant niveos solis euntis equos; [...]
carminibus cessere fores, insertaque posti,
quamvis robur erat, carmine victa sera est.
Quid mihi profuerit velox cantatus Achilles?
Quid pro me Atrides alter et alter agent? [...]
At facie tenerae laudatā saepe puellae,
ad vatem, pretium carminis, ipsa venit.
Magna datur merces! Heroum clara valete
nomina; non apta est gratia vestra mihi!

Paelīgnus, a, um: pälignisch (*hier:* das Pälignerland (Gebiet in Mittelitalien)) – **aquōsus, a, um** → W – **Nāsō:** Cognomen des Ovid
sevērus: LW3
tener, tenera, tenerum: LW11
aptus: LW17 – **modus** *hier:* das Versmaß, der Rhythmus
spōnsus: der Verlobte, der Bräutigam – **frīgidus, a, um** → W
rudis, e: unerfahren
K. aliquis iuvenum saucius arcū, quō nunc egō (saucius (sum)), agnōscat ... – **saucius, a, um:** verletzt, verwundet
arcus: LW15
agnōscere: erkennen
caelestis, e → W
centimanus, a, um → W
fulmen, inis n: der Blitz
forēs, ium f Pl.: LW11
ingeniō excidere: dem (schöpferischen) Geist entfallen
nīl = nihil
blanditia: LW11 – **elegī, ōrum** m Pl.: elegische Verse – **resūmere** (Perf. **resūmpsī**): wieder ergreifen
mollīre → W – **lēnis, e:** LW15
sanguineus, a, um → W
cessēre = cessērunt – **īnserere** (PPP **īnsertum**): hineinstecken, einfügen
postis, is f: der Türpfosten – **rōbur:** das Hartholz, das Kernholz – **sera:** der Riegel (zum Verschließen der Tür)
prōdesse: LW16
vēlōx: schnell – **cantāre** *hier:* im Lied verherrlichen
vātēs: LW17 – **hērōs, ōis** m: der Held

Ad mea formosos vultus adhibete, puellae,
carmina, purpureus quae mihi dictat Amor!

fōrmōsus, a, um: schön
adhibēre ad *hier:* hinwenden zu
purpureus, a, um: in Purpur gekleidet

1. Diese Elegie weist folgenden symmetrischen Aufbau auf: 2 + 8 + 8 + 2 + 8 + 8 + 2 (hier gekürzt: 2 + 6 + 6 + 2 + 6 + 6 + 2) Verse. Zeigen Sie dies sowohl inhaltlich (durch geeignete Paraphrasen der Abschnitte) als auch formal (durch die Analyse sprachlicher / formaler Kriterien).
2. Vergleichen Sie diese Elegie mit der ersten Elegie (*Am.* 1,1 bzw. T 17) und arbeiten Sie heraus, wie das elegische Ich seine Abwendung vom Epos hier begründet (mit lat. Textbelegen).
3. Ovid unterstreicht die „Notwendigkeit", Liebesdichtung zu schreiben, auch sprachlich: Zeigen Sie dies, indem Sie verschiedene Stilmittel und deren konkrete Funktion herausarbeiten (mit lat. Textbelegen).
4. Erläutern Sie mit Bezug auf V. 21ff., welche Macht Dichtung haben kann. Informieren Sie sich dazu über die verschiedenen Bedeutungen von *carmen* und über den kulturgeschichtlichen Hintergrund der Verse (→ i 2, S. 11). Beziehen Sie auch den Orpheus-Mythos in Ihre Überlegungen ein (→ Abb.).
5. Begründen Sie, inwiefern es sich bei dieser Elegie und bei T 17 um poetologische Dichtung handelt (→ i und Einführung, S. 6).

i Poetologische Dichtung

Als poetologisch bezeichnet man Gedichte, die das Dichten selbst oder das dichterische Selbstverständnis des Autors thematisieren. Im Mittelpunkt der Texte können u.a. Überlegungen zur Wirkungsabsicht der Texte stehen, zu den Schaffensbedingungen, zum eigenen Stilideal oder der gewählten Gattung. Gerade in der augusteischen Dichtung findet sich häufig der Gedichttyp der Recusatio („Ablehnung, Weigerung") – hier lehnt der Dichter den Wunsch eines Herrschers, ein Epos oder panegyrische (den Herrscher rühmende) Dichtung zu verfassen, höflich ab.

Orpheus, Mosaik aus Tarsus, 3. Jh. n. Chr.

3.4 Liebesdienst ist Kriegsdienst

In der provokanten Elegie *Am.* 1,9 vergleicht der Dichter die Herausforderungen und Leistungen eines Soldaten mit denen eines Liebenden.

W Leiten Sie die Bedeutungen folgender Vokabeln her: *militare* (→ *miles*) - *senilis, e* (→ senil, Seniorenheim) - *pervigilare* (→ *per* + *vigilia*) - *duplicare* (→ Duplikat, duplex) - *frigus, frigoris* n (→ engl. fridge) - *speculator* (→ *spectare*) - *rivalis, is* m (→ Rivale)

T Krieg und Liebe - Gegensatz oder „Partner"? Betrachten Sie das Bild und lesen Sie **i 2** zu Mars und Venus. Erschließen Sie dann aus den den Text prägenden Wort- und Sachfeldern, welche Berührungspunkte Ovid sieht.

G **Elliptischer Stil**
Übersetzen Sie: *Turpe senex miles, turpe senilis amor. Amans fores dominae servat, at miles ducis.*

20 Militat omnis amans, et habet sua castra Cupido;
Attice, crede mihi, militat omnis amans.
Quae bello est habilis, Veneri quoque convenit aetas.
Turpe senex miles, turpe senilis amor.
Quos petiere duces animos in milite forti,
hos petit in socio bella puella viro.
Pervigilant ambo; terra requiescit uterque.
Ille fores dominae servat, at ille ducis.
Militis officium longa est via; mitte puellam,
strenuus exempto fine sequetur amans.
Ibit in adversos montes duplicataque nimbo
flumina, congestas exteret ille nives [...].
Quis nisi vel miles vel amans et frigora noctis
et denso mixtas perferet imbre nives?
Mittitur infestos alter speculator in hostes;
in rivale oculos alter, ut hoste, tenet.
Ille graves urbes, hic durae limen amicae
obsidet; hic portas frangit, at ille fores.

mīlitāre → W
Atticus: ein Freund Ovids
habilis, e (+ Dat.): passend für, geeignet für
senīlis, e → W
petiēre = petīvērunt
bellus, a, um: LW10
pervigilāre → W
requiēscere: LW11
forēs, ium f Pl.: LW11
strēnuus, a, um: munter, tüchtig
exēmptō fīne (Abl. abs.): unermüdlich, endlos
duplicāre → W - **nimbus:** LW19
congerere (PPP **congestum**): aufhäufen - **exterere:** zertreten
imber, bris m: der Regen
speculātor → W
līmen: LW15

◇◇ **1.** Untersuchen Sie, inwieweit der Einschnitt, der im Pentameter den Vers jeweils in zwei Hälften teilt, den inhaltlichen Vergleich zwischen Soldat und Liebhaber stützt.

◇ **2.** Halten Sie in einer Tabelle fest, inwiefern sich das Leben des Soldaten von dem des Liebhabers (nicht) unterscheidet (mit lat. Textbelegen); benennen Sie außerdem die übergeordneten Vergleichskriterien (z.B. angemessenes Lebensalter etc.).

◇◇ **3.** Arbeiten Sie heraus, mit welchen sprachlich-stilistischen Mitteln Ovid die Argumentation in dieser Elegie unterstützt.

4. Vergleichen Sie Ovids Darstellung und Bewertung von Krieg und Liebeskrieg mit der bei Tibull (T 13 und T 14).
5. Die Elegie endet mit dem Vers „*qui nolet fieri desidiosus* (träge), *amet*" (V. 46). Erläutern Sie vor dem Hintergrund Ihrer Lektüreerfahrung (sowie **i 1** auf dieser Seite und der Einführung auf S. 6f.) den provozierenden Charakter dieses Verses.

i 1 *Vita activa* und *vita contemplativa*

Seit der Antike wird diskutiert, welcher Lebensweise der Vorzug gegeben werden sollte: der *vita activa* (griech. *bíos praktikós*, politisch tätiges Leben im Staat) oder der *vita contemplativa* (griech. *bíos theoretikós*, betrachtendes Leben im privaten Raum). Für die Römer stand außer Frage, dass die *vita activa* wertvoller sei. Wer sich geistigen Dingen widmete, tat dies als angesehener Bürger mit Billigung der Gesellschaft nur in der freien Zeit (*otium*) – und engagierte sich ansonsten für den Staat (in der Politik, Jurisprudenz, im militärischen Bereich). Deutlich wird diese Priorisierung auch in Ciceros Leben: Er beschäftigte sich erst dann ausführlich mit der Philosophie, als er kaum noch Möglichkeiten der politischen Einflussnahme sah.

i 2 Mars und Venus

Gemäß der griechischen Mythologie war Venus, Göttin der Schönheit und der Liebe, mit Vulcanus, dem hinkenden Schmiedegott, verheiratet.
Sie soll diesem jedoch nicht immer treu gewesen sein. Bekannt ist ihre Liebesaffäre mit Mars, dem Gott des Krieges. Diese Liaison kann allegorisch gedeutet werden, denn Mars repräsentiert hinsichtlich seines Wesens (ebenso wie Vulcanus, was die äußere Erscheinung anbelangt) den genauen Gegensatz zu Venus: Krieg vs. Frieden, Rachsucht und Grausamkeit vs. Liebe, Ungestüm vs. Sanftmut. Die gegenseitige Anziehungskraft dieser beiden von Natur aus widersprüchlichen Wesen ist nicht nur kulturgeschichtlich, sondern auch psychologisch interessant, da jeder für sich Charakteristika des eigenen Geschlechts (als Mann vs. als Frau) in extremer Ausprägung verkörpert. (zu Amor als Sohn von Venus und Mars s. auch **i 2** auf S. 25)

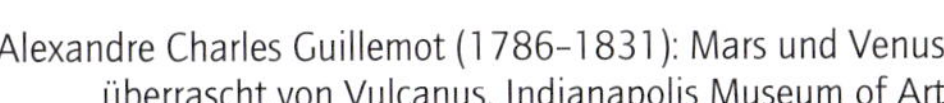

Alexandre Charles Guillemot (1786–1831): Mars und Venus überrascht von Vulcanus. Indianapolis Museum of Art

3.5 (Liebes-)Kampf und Sieg!

Das elegische Ich hat seine Geliebte erobert und fordert für diesen Sieg nun einen Triumph.

W Stellen Sie Begriffe und Wendungen aus dem Sachfeld „Krieg / Militär" zusammen.

G **Ablativ als Objekt und Adverbiale**
Übersetzen Sie: *victoria dignus – praeda sanguine caret – oppida parvis fossis cincta – oppida ductu meo capta*

T Mit Vers 17 beginnt (trotz des wieder aufgegriffenen *nec* am Versbeginn) ein neuer Abschnitt im Text. Überfliegen Sie die Elegie und erschließen Sie jeweils das Thema des ersten und zweiten Abschnitts.

21 Ite triumphales circum mea tempora laurus!
Vicimus: In nostro est, ecce, Corinna sinu,
quam vir, quam custos, quam ianua firma, tot hostes,
servabant, ne qua posset ab arte capi!
Haec est praecipuo victoria digna triumpho,
in qua, quaecumque est, sanguine praeda caret.
Non humiles muri, non parvis oppida fossis
cincta, sed est ductu capta puella meo!
Pergama cum caderent bello superata bilustri,
ex tot in Atridis pars quota laudis erat?
At mea seposita est et ab omni milite dissors
gloria, nec titulum muneris alter habet.
Me duce ad hanc voti finem, me milite veni;
ipse eques, ipse pedes, signifer ipse fui.
Nec casum fortuna meis inmiscuit actis –
huc ades, o curā parte Triumphe meā!
Nec belli est nova causa mei. Nisi rapta fuisset
Tyndaris, Europae pax Asiaeque foret. [...]
Femina Troianos iterum nova bella movere
inpulit in regno, iuste Latine, tuo;
femina Romanis etiamnunc urbe recenti
inmisit soceros armaque saeva dedit.
Vidi ego pro nivea pugnantes coniuge tauros;
spectatrix animos ipsa iuvenca dabat.
Me quoque, qui multos, sed me sine caede, Cupido
iussit militiae signa movere suae.

triumphālis, e: zum Triumph gehörig, Triumph- – **tempus, oris** n: die Schläfe – **laurus, ūs** m: der Lorbeerkranz
iānua: LW19

praecipuus, a, um: außerordentlich, besonders

fossa: der Graben

ductus, ūs m: die Führung, das Kommando
Pergama, ōrum: Troja
bilūstris, e: zehnjährig
ex tot ... erat? Welchen Bruchteil des Ruhms erhielten die Atriden aus der so großen Anzahl der Krieger? – **sēpōnere** (PPP **sēpositum**): vorbehalten, bestimmen – **dissors, sortis:** getrennt
titulus: der Ehrentitel
pedes: der Fußsoldat – **sīgnifer:** der Fahnenträger, der Anführer
inmiscēre + Dat.: hineinmischen in
ācta, ōrum n Pl.: die Taten
K. ō Triumphe, parte (Vok. des PPP von parere) cūrā meā – **parere** (PPP **partum**) *hier:* gewinnen, erlangen
Tyndaris: Helena
Eurōpa, Asia: Griechenland zählte zu Europa, Troja zu Kleinasien
Latīnus: König in Latium
etiamnunc *hier:* außerdem
inmittere (Perf. **inmīsī**) *hier:* auf den Hals hetzen – **socer, socerī:** der Schwiegervater
niveus: LW19
spectātrīx: die Zuschauerin
iuvenca: die junge Kuh

1. Arbeiten Sie heraus, welcher Taten sich das elegische Ich rühmt (mit lat. Textbelegen).
2. Erläutern Sie, in welchem inhaltlichen Zusammenhang der zweite Abschnitt der Elegie (V. 17ff.) mit dem ersten Abschnitt (V. 1–16) steht.
3. Humor und Ironie prägen auch diese Elegie. Untersuchen Sie den Text auf diesbezügliche inhaltliche und sprachliche Merkmale.
4. Stellen Sie aus dem Text Belege für das elegische Motiv der *militia amoris* zusammen.
5. Informieren Sie sich über die in der Elegie angesprochenen Mythen (s. auch die i-Texte) und nehmen Sie Stellung zu der im Text aufgestellten Behauptung, Frauen seien der (alleinige) Grund für diese kriegerischen Auseinandersetzungen gewesen.

i 1 Der Trojanische Krieg und die Mission des Äneas

In der griechischen Mythologie wurde der Trojanische Krieg dadurch ausgelöst, dass sich Paris, Sohn des Königs von Troja, in Helena, die wunderschöne Frau des Menelaos, König von Sparta, verliebte und sie entführte. Zuvor hatte Aphrodite ihm diese in einem Wettstreit als Preis versprochen. Als Troja nach langem Krieg von den Griechen zerstört worden war, erhielt der Trojaner Äneas den göttlichen Auftrag, in Italien den Grundstein für ein neues Troja (→ Rom) zu legen. Auf italischem Boden kam es allerdings zu kriegerischen Auseinandersetzungen, weil König Latinus, einem Orakel folgend, seine Tochter Lavinia Äneas zur Frau geben wollte, obwohl er sie bereits dem Fürsten Turnus versprochen hatte.

i 2 Der Raub der Sabinerinnen

Gemäß der Gründungssage Roms sah sich Romulus, der nach dem Tod seines Bruders Remus alleine über die neu gegründete Stadt herrschte, mit dem Problem konfrontiert, dass dort fast nur Männer (entlaufene Sklaven, Flüchtlinge und Verbannte) lebten. Daher griff er zu einer List und lud die Bewohner der sabinischen Nachbarstädte zu Festspielen ein. Während dieser Feierlichkeiten entführten die Römer die jungen Frauen, die den Spielen beiwohnten. Dies war der Anlass für einen Krieg zwischen Römern und Sabinern.

Plakat zum Film „Troja" (2014)

3.6 Die verschlossene und bewachte Tür der Geliebten

Eine typische Situation der römischen Liebeselegie: Der Liebhaber steht vor der verschlossenen Tür der Geliebten und bringt sein Leid zur Sprache (vgl. auch Text 11). Mit diesem Topos spielt Ovid.

W Wiederholen Sie die folgenden Vokabeln aus dem Sachfeld „Wünschen – Verbieten – Erlauben": *velle, licet, sinere, votum, repellere, cupere, prohibere, patientia, vetare.*

T Überlegen Sie, was den besonderen Reiz des Verbotenen ausmacht.

G **Konditionalsätze**
Übersetzen Sie: *Si quis amat, quod sinit alter, ferreus est. Si qua diu regnare volet, amantem deludat. Si iuvat me rivalem esse, veta!*

22 Si tibi non opus est servata, stulte, puella,
at mihi fac serves, quo magis ipse velim!
Quod licet, ingratum est; quod non licet, acrius urit.
Ferreus est, si quis, quod sinit alter, amat.
Speremus pariter, pariter metuamus amantes,
et faciat voto rara repulsa locum.
Quo mihi fortunam, quae numquam fallere curet?
Nil ego, quod nullo tempore laedat, amo!
Viderat hoc in me vitium versuta Corinna,
quaque capi possem, callida norat opem.
A, quotiens sani capitis mentita dolores
cunctantem tardo iussit abire pede! […]
Quidlibet eveniat, nocet indulgentia nobis –
quod sequitur, fugio; quod fugit, ipse sequor. […]
Scilicet infelix numquam prohibebor adire?
Nox mihi sub nullo vindice semper erit?
Nil metuam? Per nulla traham suspiria somnos?
Nil facies, cur te iure perisse velim?
Quid mihi cum facili, quid cum lenone marito?
Corrumpit vitio gaudia nostra suo.
Quin alium, quem tanta iuvat patientia, quaeris?
Me tibi rivalem si iuvat esse, veta!

mihi fac servēs: sieh zu, dass du sie für mich bewachst
quō magis + Konj.: damit umso mehr
ingrātus, a, um: nicht reizvoll
ūrere: LW5
ferreus: LW13
pariter: gleichermaßen, zugleich
vōtum: LW21 – **repulsa:** die Abweisung – **locum vōtō facere:** einen Raum für einen Wunsch schaffen – **Quō mihi … cūret:** Was kümmert mich … – **nīl** = nihil
versūtus, a, um: schlau, listig
nōrat = nōverat – **ops, opis** f *hier:* das Mittel
ā: ach! – **sānus, a, um:** LW5
mentīrī *hier:* vortäuschen
quidlibet *hier:* egal was
nocēre: LW18
sequī *hier:* verfolgen
erg. quod (mē) sequitur
vindex, icis m: der Rächer, der Bestrafer – **nīl** = nihil
trahere m. Akk. und Abl. *hier:* (Zeit) mit etw. hinbringen – **suspīrium:** der Seufzer – **facilis, e** *hier:* gefällig, nachgiebig – **lēnō, ōnis** m: der Kuppler – **rīvālis:** LW20

◊ 1. Stellen Sie aus dem Text zusammen, was das elegische Ich vom Ehemann der Geliebten verlangt (mit lat. Textbelegen).

◊ 2. Untersuchen Sie, welche Thesen in der Elegie über Verbotenes und Erlaubtes aufgestellt werden (mit lat. Textbelegen).

◊◊ 3. Zeigen Sie, mit welchen sprachlich-stilistischen Mitteln Ovid das Paradoxe der dargestellten Situation unterstreicht.

4. Begründen Sie, inwiefern Ovid in dieser Elegie mit der Tradition des Paraklausithyron spielt und im Sinne der *aemulatio* „eins draufsetzt" (→ i 2 und Einführung, S. 6).
5. Erläutern Sie, inwiefern es sich bei dieser Elegie um einen poetologischen Text handelt (→ i, S. 35).
6. Überlegen Sie ausgehend von dieser Elegie und i 1, warum literarische Motive, wie z.B. das Motiv der unerreichbaren Frau, teilweise jahrhundertelang in der Literatur lebendig bleiben. Nennen Sie Beispiele für dieses Motiv aus Ihrer eigenen Leseerfahrung.

i 1 Die unerreichbare Frau – eine literarische Tradition (Minnesang)

Motive der römischen Liebeselegie – wie z.B. die Klage über die Unerreichbarkeit der Frau, über Wächter, die ein Treffen mit der verehrten Frau verhindern, oder über die Kälte und abweisende Haltung der Frau, Begehren und Werben, Liebhaber, die von der verzehrenden Liebe wie von einer Krankheit geschlagen sind – finden sich auch im mittelhochdeutschen Minnesang. In der sogenannten „Hohen Minne" (um 1200) wird die Frau als Herrin (*vrouwe*) zum unerreichbaren (und tugendhaften) Ideal hochstilisiert, der liebende Sänger sieht die Liebe (*minne*) als Dienst, er beweist, auch wenn sein Werben nicht zum Ziel führt, Treue (*triuwe*) und Beständigkeit (*stæte*). Es handelt sich hier um ein höfisches Spiel, nicht um Erlebnis-, sondern um Rollenlyrik, um kunst- und geistvolle Ästhetik mit einem festen Satz an Topoi.

i 2 *imitatio* und *aemulatio*

Nach dem antiken Kunstverständnis ist das Nachahmen eines literarischen Vorbildes nicht ein Zeichen des Mangels an Originalität und Kreativität. Vielmehr galten *imitatio* (Nachahmung) und *aemulatio* (wetteiferndes Überbieten) als wichtige Prinzipien dichterischen Schaffens: Mit intertextuellen Bezügen, also Anspielungen auf andere Werke, mit Weiterentwicklungen und Umdeutungen bestimmter Stoffe und Figuren, konnte der Dichter seine Rezipienten von seinem Wissen und Können überzeugen und gleichzeitig sein literarisch gebildetes Publikum intellektuell herausfordern.

Ein Minnesänger präsentiert seiner Geliebten ein Lied (Codex Manesse, zw. 1305 und 1315)

3.7 Zwischen Leidenschaft und Einsicht

Am. 3,11 zeigt einen Liebhaber, der nach vielen bitteren Erfahrungen versucht, sich von seiner Liebe zu befreien.

W Stellen Sie aus den Texten Vokabeln und Wendungen des Sachfelds „etwas ablehnen, leiden, ertragen" zusammen.

T Überlegen Sie, welche Situation und welche Gefühle in dem Gemälde E. Munchs veranschaulicht werden. Suchen Sie anschließend im Text nach Hinweisen auf Entsprechungen.

G **Verwendung von Partizipien**
Übersetzen Sie: *Domitum pedibus amorem calcamus. (Ego) saepe foribus repulsus sustinui. Fugientem forma reducit.*

23 Multa diuque tuli; vitiis patientia victa est;
cede fatigato pectore, turpis amor!
Scilicet adserui iam me fugique catenas,
et, quae non puduit ferre, tulisse pudet.
Vicimus et domitum pedibus calcamus amorem;
venerunt capiti cornua sera meo.
Perfer et obdura! Dolor hic tibi proderit olim;
saepe tulit lassis sucus amarus opem.
Ergo ego sustinui, foribus tam saepe repulsus,
ingenuum dura ponere corpus humo?
Ergo ego nescio cui, quem tu conplexa tenebas,
excubui clausam servus ut ante domum? […]
Quando ego non fixus lateri patienter adhaesi,
ipse tuus custos, ipse vir, ipse comes? […]
Desine blanditias et verba, potentia quondam,
perdere - non ego nunc stultus, ut ante fui!

patientia: LW22
adserere (Perf. **adseruī**): sich für frei erklären - **catēna:** die Kette, die Fessel
pedibus calcāre: mit Füßen treten
obdūrāre: LW10 - **prōdesse:** LW16
lassus, a, um: LW18 - **sūcus:** der Saft - **amārus, a, um:** LW16
forēs, ium f Pl.: LW11
ingenuus, a, um: freigeboren, edel, anständig
conplectī (PPP **conplexum**): umarmen
excubāre (Perf. **excubuī**): im Freien liegen
blanditia: LW11

24 Luctantur pectusque leve in contraria tendunt
hac amor, hac odium, sed, puto, vincit amor.
Odero, si potero; si non, invitus amabo.
Nec iuga taurus amat; quae tamen odit, habet.
Nequitiam fugio - fugientem forma reducit;
aversor morum crimina - corpus amo.
Sic ego nec sine te nec tecum vivere possum,
et videor voti nescius esse mei.
Aut formosa fores minus, aut minus inproba, vellem;
non facit ad mores tam bona forma malos.
Facta merent odium, facies exorat amorem -
me miserum, vitiis plus valet illa suis! […]

luctārī: miteinander ringen, kämpfen - **in contrāria tendere:** in entgegengesetzte Richtungen ziehen - *erg.* hāc (parte) ... hāc (parte)
iugum: das Joch - **taurus:** LW21
nēquitia: LW19
āversārī: verabscheuen
vōtum: LW21 - **nescius esse** + Gen.: etw. nicht kennen
fōrmōsus, a, um: schön, anmutig
forēs = essēs - **facere ad** *hier:* passen zu
merēre: LW13 - **faciēs:** LW19
exōrāre: sich erbetteln, erflehen

Quidquid eris, mea semper eris; tu selige tantum,
me quoque velle velis, anne coactus amem!
Lintea dem potius ventisque ferentibus utar,
ut, quam, si nolim, cogar amare, velim.

sēligere: auswählen
K. sēlige ..., utrum ... velīs, anne ...
anne: oder
lintea dare: Segel setzen

1. Erläutern Sie, in welcher Stimmung sich das elegische Ich in Text 23 befindet, und arbeiten Sie heraus, mit welchen sprachlich-stilistischen Mitteln Ovid die Gefühlslage des elegischen Ichs besonders betont (jeweils mit lat. Textbelegen).
2. Vergleichen Sie Text 23 mit Catulls c. 8 (T 10) und halten Sie Gemeinsamkeiten und Unterschiede fest (berücksichtigen Sie dabei nochmals **i 2** zu *imitatio* und *aemulatio* auf S. 41).
3. Begründen Sie, inwiefern ein Abschied des Sprechers von Amor zugleich einen Abschied Ovids von der Liebeselegie bedeuten könnte. Beziehen Sie sich auch auf T 12 und berücksichtigen Sie **M** und die Einführung auf S. 5.
4. Text 24 zeigt ein in seinen Gefühlen zerrissenes Ich: Arbeiten Sie dies heraus (mit lat. Textbelegen) und vergleichen Sie den Text anschließend entsprechend der Aufgabe 2 mit Catulls c. 85 (T 9).
5. „Catull" und Lesbia, „Tibull" und Delia, „Ovid" und Corinna: Stellen Sie vergleichend gegenüber, wie die Frauen und die Beziehungen zu ihnen insgesamt in den Elegien charakterisiert werden.

M Abschied von der Liebeselegie

In *Amores* 3,15, dem letzten Text der Elegiensammlung, schreibt Ovid:

Quaere novum vatem, tenerorum mater Amorum,
raditur haec elegis ultima meta meis. [...]
Imbelles elegi, genialis Musa, valete,
post mea mansurum fata superstes opus.

Suche einen neuen Dichter, Mutter zarter Liebe(slieder),
meine Elegien sind fast am Ziel. [...]
Lebt wohl, ihr friedlichen Elegien, heitere Muse
und du, mein Werk, das meinen Tod überdauern wird.
(Übersetzung: Karin Haß)

Edvard Munch (1863-1944):
Die Trennung. Munch Museum, Oslo

1. Versbau und Versarten

Die römischen Dichter beachteten beim Bau ihrer Verse strenge Regeln. Es gibt verschiedene Versformen, die durch eine bestimmte Abfolge von langen (–) und kurzen (◡) Silben definiert sind.

Der **Hexameter** (griech. „Sechsmaß") besteht aus sechs Versfüßen. Bei den Versfüßen 1-4 hat der Dichter die Auswahl zwischen Daktylus (– ◡ ◡) und Spondeus (– –), Versfuß 5 ist meistens ein Daktylus, Versfuß 6 besteht aus zwei Silben (– ◡ oder – –). Die letzte Silbe, *syllaba anceps*, ist lang (–) oder kurz (◡).

Der **Pentameter** (griech. „Fünfmaß") besteht aus zwei Halbversen von der Grundform – ◡ ◡ – ◡ ◡ –. Nur im ersten Halbvers können die Daktylen durch Spondeen ersetzt werden. Der Vers wird durch eine Zäsur (| | |) in zwei Hälften geteilt.

Während Catull für seine Gedichte noch verschiedene Versmaße verwendete, unter anderem den Hendekasyllabus, die Sapphische Strophe und den Hinkjambus, steht die Liebeselegie von Tibull und Ovid in sogenannten **Distichen**. Ein Distichon besteht aus zwei Versen, einem Hexameter und einem Pentameter:

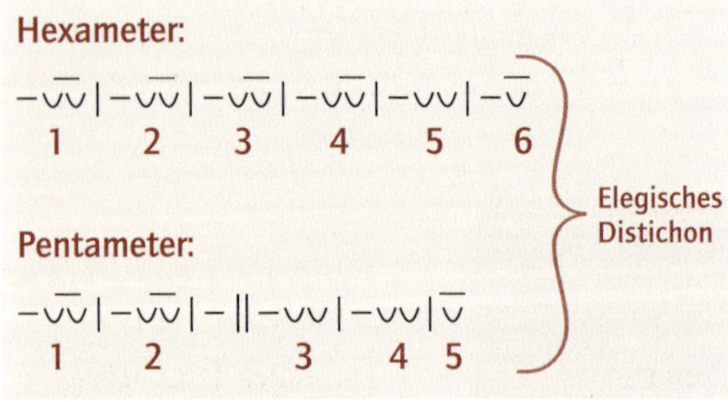

2. Metrische Analyse

Um die Verse zu analysieren, können Sie in folgenden Schritten vorgehen:

1. Schreiben Sie diejenigen Längen und Kürzen über die Silben, die feststehen. Für die letzte Silbe jedes Verses können Sie zur Erleichterung ein x verwenden. Grenzen Sie die bereits vollständigen Versfüße voneinander ab.
2. Bestimmen Sie die sog. Positionslängen, das sind Vokale, auf die zwei oder mehr Konsonanten folgen. Ausnahme: Ist der erste Konsonant ein b, d, g, p, t oder c und der zweite ein l, m, n oder r, kann die Silbe lang oder kurz sein.
3. Beachten Sie die folgenden Zusatzregeln:
   a) Diphthonge (griech. „Doppellaute", z.B. ae, oe, ai) sind immer lang.
   b) Ein Vokal, der innerhalb eines Wortes unmittelbar vor einem Vokal steht, ist kurz.
   c) Treffen Vokal (+ m) am Wortende und (h +) Vokal am Wortanfang aufeinander, werden die Silben zusammengezogen: z.B. *flammaqu(e) in* (Elision, lat. „Ausstoßung") oder *ratio (e)st* (Aphärese, griech. „Wegfall", nur bei *est*).
4. Verteilen Sie schließlich die restlichen Längen und Kürzen, bis die Verse „aufgehen". Nutzen Sie ggf. Ihr Wissen über Naturlängen; diese sind bei allen Lernvokabeln angegeben. Bei Endungen hilft die Grammatik: z.B. *-ā* (Abl. Sg. a-Dekl.) oder *-īs* (Dat./Abl. Pl. a- und o-Dekl.).

3. Zäsuren

Der Dichter markiert Sinneinschnitte (Zäsuren), indem er Wörter oder Sätze bevorzugt nach dem fünften halben Metrum (Penthemimeres, griech. *pente* „fünf") enden lässt. Er kann Sinneinschnitte aber auch nach dem dritten halben Metrum (Trithemimeres, griech. *treis* „drei") oder nach dem siebenten halben Metrum (Hephthemimeres, griech. *hepta* „sieben") setzen.

4. Vortrag

Die metrische Analyse zeigt Ihnen, welche Silben Sie beim Vortrag lang, welche kurz lesen müssen. Zudem zeigt sie Ihnen, wo inhaltlich-syntaktische Einschnitte (→ 3. Zäsuren) liegen, sodass Sie hier beim Vortrag kurze Pausen setzen sollten.

LW 1	
dēliciae, ārum f Pl.	das Vergnügen, der Genuss
lūdere, lūdō, lūsī, lūsum	spielen
digitus	der Finger
morsus, ūs m	der Biss
iocārī, iocor	scherzen, spaßen
ārdor, ōris m	der Brand, die (Liebes-)Glut
levāre	erleichtern, entlasten, stärken

LW 2	
foedus, eris n	der Vertrag, der Bund

LW 3	
sevērus, a, um	streng, ernst
semel Adv.	einmal
dormīre	schlafen
bāsium	der Kuss
invidēre, invideō, invīdī, invīsum	neidisch an-/zusehen, neidisch sein, durch bösen Blick schaden

LW 4	
fās n (nur Nom./Akk. Sg.)	das göttliche Recht, das Gesetz; die Pflicht
tenuis, e	zart, dünn, fein
geminus, a, um	doppelt, beide
molestus, a, um	lästig, unangenehm, ärgerlich
exsultāre	übermütig sein, maßlos sein, jubeln

LW 5	
oblīvīscī, oblīvīscor, oblītus sum m. Gen.	etw. vergessen
sānus, a, um	gesund, geheilt
īrātus, a, um	zornig, erzürnt
ūrere, ūrō, ussī, ustum	(ver)brennen, entflammen

LW 6–9	
rapidus, a, um	reißend (schnell), rasch, wild, ungestüm
prae Präp. m. Abl.	vor, *hier:* an Stelle von
fortasse Adv.	vielleicht
excruciāre	foltern, quälen

LW 10	
candidus, a, um	glänzend, weiß gekleidet
impotēns, ntis	ohnmächtig, schwach, machtlos
obdūrāre	hart sein, ausharren, aushalten
scelestus, a, um	verrucht, frevelhaft
bellus, a, um	hübsch, nett
bāsiāre	küssen
mordēre, mordeō, momordī, morsum	beißen

LW 11	
dīvitiae, ārum f Pl.	der Reichtum
requiēscere, requiēscō, requiēvī, requiētum	ausruhen, sich erholen
cubāre	(da)liegen
tener, tenera, tenerum	zart, weich, empfindsam
gelidus, a, um	(eis)kalt, eisig
hībernus, a, um	winterlich, Winter-
sēcūrus, a, um	sorglos, sicher
bellāre	Krieg führen
decet + AcI	es gehört sich für jdn.
hostīlis, e	feindlich
forēs, ium f Pl.	die Tür
iners, ertis	untätig, nutzlos
blanditia	die Schmeichelei, das Schmeichelwort
rīxa	der Streit

LW 12	
vigēre	sich regen, gedeihen
vagārī, vagor	umherschweifen, umherfliegen
sonāre	(er)tönen, (er)schallen; zwitschern
avis, is f	der Vogel
flōrēre	(er)blühen
seriēs, ēī f	der Reigen, die Reihe
īnsīgnis, e	auffällig
coma	das Haar
castus, a, um	keusch
paulātim Adv.	allmählich
capillus	das Haar
obvius, a, um	entgegen

LW 13	
ēnsis, is m	das Schwert
ferreus, a, um	eisern, gefühllos
merēre, mereō, meruī, meritum	verdienen; etw. verschulden
fera	das wilde Tier
ovis, is f	das Schaf
micāre, micō, micuī	zucken, pulsieren
Larēs, um m Pl.	die Hausgötter
prīscus, a, um	altehrwürdig
exiguus, a, um	klein, eng

LW 14	
curvus, a, um	gekrümmt
ūva	die Traube
merum	der ungemischte Wein
situs, ūs m	der Rost, der Moder
rūsticus	der Landmann, der Bauer
lūcus	der Hain (oft einer Gottheit geweihter Platz)
scindere, scindō, scidī, scissum	(zer)schneiden, zerraufen
lascīvus, a, um	ausgelassen
lapis, idis m	der Stein
dēripere, dēripiō, dēripuī, dēreptum	herabreißen, herabholen

LW 15	
arcus, ūs m	der Bogen (als Waffe)
līmen, līminis n	die Türschwelle
trānsgredī, trānsgredior, trānsgressus sum	überschreiten, betreten
suspēnsus, a, um	unentschieden, ungewiss
explōrāre	erkunden
caecus, a, um	blind; hier: dunkel
urgēre, urgeō, ursī	bedrängen
lēnis, e	sacht, mild
fēstus, a, um	festlich
sagitta	der Pfeil
fax, facis f	die Fackel
celeber, bris, bre	gefeiert
cantāre	(be)singen
clam Adv.	heimlich

LW 16	
servitium	die Knechtschaft
paternus, a, um	väterlich, vaterländisch
amārus, a, um	bitter, traurig
prōdesse, prōsum, prōfuī, prōfutūrus	nützen
cavus, a, um	hohl, leer
canere	singen, dichten

LW 17	
vātēs, is m	der Dichter, der Prophet
flāvus, a, um	blond
rēgnāre	herrschen, gebieten über
crīnis, is m	das Haar
lyra	die Lyra, die Leier
ubīque Adv.	wo (nur) immer, überall
aptus, a, um m. Dat.	passend zu, geeignet für
vacuus, a, um	leer, unbesetzt

LW 18	
fenestra	das Fenster
timidus, a, um	schüchtern, scheu
latebrae, ārum f Pl.	der Schlupfwinkel, das Versteck
tunica	die Tunika
vēlāre	bedecken, bekleiden
nocēre	schaden, hinderlich sein
plānus, a, um	flach, glatt
iuvenālis, e	jugendlich
lassus, a, um	müde, matt

LW 19	
nēquitia	die Nichtsnutzigkeit, die moralische Verkommenheit, die Sittenlosigkeit
poēta, ae m	der Dichter
theātrum	das Theater
faciēs, ēī f	der Anblick, das Gesicht, die Gestalt, die Schönheit
nimbus	die Wolke
iānua	die (Haus-)Tür, der Eingang
lūna	der Mond
niveus, a, um	schneeweiß

LW 20	
nix, nivis f	der Schnee
frīgus, oris n	die Kälte
dēnsus, a, um	dicht, häufig, heftig, stark
rīvālis, is m	der Nebenbuhler, der Rivale
obsidēre, obsideō, obsēdī, obsessum	besetzen, belagern

LW 21	
firmus, a, um	fest, stark, widerstandsfähig
triumphus	der Triumph, der Sieg(eszug)
humilis, e	niedrig
vōtum	der Wunsch, das Verlangen, das Gelübde, das Gebet
taurus	der Stier
mīlitia	der Kriegsdienst

LW 22	
callidus, a, um	schlau, heimtückisch
cūnctārī, cūnctor	zögern, unschlüssig sein
tardus, a, um	langsam, träge
indulgentia	die Nachsicht, die Güte, die Milde
patientia	die Geduld, das Erdulden, das Leiden
vetāre	verbieten

LW 23	
fatīgāre	ermüden, mürbe machen, quälen
domāre, domō, domuī, domitum	zähmen, bändigen, besiegen, unterwerfen
ōlim Adv.	einst, später, künftig
fīgere, fīgō, fīxī, fīxum	anheften
patiēns, ntis	geduldig, ertragend, fähig auszuhalten
adhaerēre, adhaereō, adhaesī, (adhaesum)	hängen an

Eigennamenverzeichnis

Achillēs, is m	Achill (griech. Held vor Troja)
Aenēās, ae m	Äneas (Sohn der Venus und des Trojaners Anchises; Stammvater der Römer) → **i 1**, S. 39
Amor, ōris m	Amor (der Liebesgott, Sohn der Venus und des Mars) → **i 2**, S. 25
Apollō, inis m	Apoll (der Gott der Weissagung, der Heilkunst, der Musik und der Dichtkunst) → **i 1**, S. 29
Atrīdēs, ae m	die Atriden (Agamemnon und Menelaos, Söhne des Atreus; griech. Heerführer im Trojanischen Krieg)
Auster, trī m	der Südwind
campī Ēlysiī m Pl.	die elysischen Gefilde (Ort in der Unterwelt, wo die Seelen der rechtschaffenen Menschen nach dem Tod ein heiteres Leben führen) → **i 1**, S. 21
Cerēs, Cereris f	Ceres (die Göttin des Ackerbaus und des Wachstums)
Corinna, ae f	Corinna (bei Ovid die fiktive Geliebte des Dichter-Ichs; vgl. zum Namen Einleitung S. 5)
Cupīdō, dinis m	Cupido (der Liebesgott (anderer Name für Amor))
Dēlia, ae f	Delia (bei Tibull die fiktive Geliebte des Dichter-Ichs; vgl. zum Namen Einleitung S. 5)
Gyēs, ae m	Gyes (hundertarmiger Riese; einer der Giganten, die versuchten, den Himmel zu erstürmen und die olympischen Götter zu stürzen (Gigantomachie))

Helena, ae f	Helena (die Frau des spartanischen Königs Menelaos; wird von Paris entführt) → **i 1**, S. 39
Iuppiter, Iovis m	Jupiter (der Göttervater und höchste Gott der Römer)
Lesbia, ae f	Lesbia (bei Catull die fiktive Geliebte des Dichter-Ichs; vgl. zum Namen Einleitung S. 5)
Lūna, ae f	Luna (der Mond bzw. die Mondgöttin (griech. Selene))
Mārs, Mārtis m	Mars (der Kriegsgott; hatte eine Affäre mit Venus, aus der Amor hervorging) → **i 2**, S. 37
Messalla, ae m	M. Valerius Messalla Corvinus → Vorwort; **i 1**, S. 19; **i 2**, S. 31
Minerva, ae f	Minerva (die Göttin der Künste und Wissenschaften)
Mors, Mortis f	der Tod (als Person vorgestellt)
Mūsae, ārum f Pl.	die Musen (Schutzgöttinnen der Künste) → **i 1**, S. 29
Nāsō, ōnis m	Beiname des Ovid
Paris, Paridis m	Paris (Sohn des trojanischen Königs Priamos; entführt Helena und löst damit den Trojanischen Krieg aus) → **i 1**, S. 39
Phoebus, ī m	Beiname des Apoll
Sōl, Sōlis m	Sol (die Sonne bzw. der Sonnengott (griech. Helios))
Venus, Veneris f	Venus (die Göttin der Liebe; Mutter des Amor und des Äneas (griech. Aphrodite)) → **i**, S. 33; **i 2**, S. 37

Abkürzungsverzeichnis

Abb.	Abbildung	griech.	griechisch	m. Ausl.	mit Auslassung
Am.	*Amores*	i	Informationstext	S.	Seite
c.	*carmen*	*K.*	Konstruktion	T	Text(vorentlastung)
erg.	ergänze	lat.	lateinisch	*Tib.*	Tibulls Elegien
Fw.	Fremdwort	LW	Lernwortschatz	V.	Vers
G	Grammatikvorentlastung	M	Material	W	Wortschatzvorentlastung

Bildnachweis

akg-images / De Agostini Picture Library - S. 25; akg-images / Andrea Jemolo - S. 33; akg-images / © Sotheby's - S. 21; Alamy Stock Photo / AA Film Archive - S. 39; Alamy Stock Photo / Artiz - S. 9; Alamy Stock Photo / Gainew Gallery - S. 27; Alamy Stock Photo / GM Photo Images - S. 35; Alamy Stock Photo / Historic Images - Cover, S. 43; Alamy Stock Photo / Icom Images - S. 41; Alamy Stock Photo / nuvolanevicata - S. 17; Alamy Stock Photo / Old Books Images - S. 29; Alamy Stock Photo / PAINTING - S. 37; Alamy Stock Photo / PRISMA ARCHIVIO - S. 23; Alamy Stock Photo / Signal Photos - S. 27; Alamy Stock Photo / The Picture Art Collection - S. 13; © Imogen Foxell Illustration - S. 6; Mauritius Images / Alamy Stock Photo, Universal Images Group North America LLC - S. 11